やっぱり王道がおもしろい
カタを使った物語の生み出しカタ

わかつきひかる

雷鳥社

はじめに

ウェブ小説を書いているけど、途中で書けなくなってしまう。

懸賞小説に投稿したいけど、まとまらない。

コミケで二次創作を頒布しているけど、オリジナルが書けない。

そういう方はいらっしゃいませんか。

原因はお話の骨格（ストーリー）ができていないせいです。


この本は、ストーリーの作成レッスンです。

お話の骨格を古典王道ストーリーから持って来て、骨（ストーリー）を換えて胎（エピソード）を奪うと、古典王道ストーリーがあなたの小説に変わります。

換骨奪胎《かんこつだったい》というテクニックです。

換骨奪胎とは難しい言葉ですが、新明解四字熟語辞典（三省堂）によると「古人の詩文の表現や発想などを基にしながら、これに創意を加えて、自分独自の作品とすること。他人の詩文、また表現や着想などをうまく取り入れて自分のものを作り出すこと」とあります。

換骨奪胎は、あなたの頭の中からお話を引っ張り出すテクニックです。

このやり方を覚えていくと、ビジネスでも応用できますよ。問題が起こったとき、問題解決の方法を模索することができます。また、プロになってからも役に立ちます。

元にするのは、シェイクスピア戯曲の『マクベス』や歌舞伎の『勧進帳』、『史記』の呂不韋伝。アニメや漫画やライトノベルでよく使われているものを選びました。

ドリルを解くように、テンプレートに文字を入れていき、あなたのストーリーを作りましょう。

ひとつのストーリーを作るために必要な時間は、わずか1時間です。

シェイクスピアと歌舞伎の換骨奪胎を3種類と、比較的最近の映画からの換骨奪胎1種類を練習したあと、テンプレートそのものを作る練習をします。

次に、キャラ立ての換骨奪胎と、エピソードをｉｆで書く練習をします。

私は奈良で小説教室をしています。

自分でレンタルオフィスを借りて行う、至って小規模なものですが、受講生のみなさんがすごいんですよ。デビューされた方や地方文学賞を受賞された方が何人もいらっしゃいます。予選通過者は数え切れないほど。

授業のたびに、どなたかが予選通過や掲載の報告をしてくださいます。小さな教室ではありえないほどの好成績を収めています。

換骨奪胎は、私の授業でもっとも盛り上がる内容です。みなさん、楽しんでストーリーを作ってくださいます。

「換骨奪胎なんて盗作だろう？　わかつきはパクリを勧めているのか」と怒り出す人がたまにいるのですが、作家は無から有を生み出しているわけではありません。

自分の体験や、読んだ小説や観た映画やドラマ、楽しんだ漫画やゲームを自分の中の引き出しに入れておいて、適宜取り出して組み合わせ、ストーリーを作っているのです。

たとえお話の骨格が同じでも、あなたの個性というフィルターを通すことによって、まったく違うお話ができあがります。それが小説のおもしろさなんですよ。

小説を書くのに、才能はいりません。みなさんの頭の中には、すでに小説の断片がいくつも存在しています。

換骨奪胎はみなさんの頭の中から小説の断片を取り出して並べるテクニックです。とても便利で効果的な方法ですが、たくさんの小説や、アニメやゲームや映画を楽しんでいる人でないと効果を発揮しません。

高齢の読書家の方、ゲームが好きな方、「小説家になろう」のウェブ小説が好きな方、ライトノベルが好きな方、アニメが好きな方、ソーシャルゲームが好きでたくさん課金している方、映画が好きな方、観劇が好きな方、オタクの方に向きます。

この本を使って、あなただけのストーリーを作ってください。

ゲーム感覚で楽しめます！

目次

トレーニング編

準備編

有名小説を下敷きにして小説を書く？
それって盗作なんじゃないですか？

ストーリーには著作権がない？

小説教室で、「有名小説を下敷きに小説を書きましょう、ストーリーの骨格は同じでも、書く人によってまったく違うお話になります」と言うと、びっくりされてしまいます。ここでクイズです。著作権という法律があります。著作権で守られているものは、次のうちどれでしょうか？

1　タイトル
2　ストーリー（あらすじ）
3　文章表現

回答は3です。著作権法では、著作物は「思想又は感情を創作的に表現したもの」だと決められています。

表現したもの、すなわち文章そのものに著作権があり、ストーリーもタイトルも、著作権保護の対象外なのです。

嘘だ、と思われた方はいらっしゃいませんか？　タイトルは小説の顔で、ストーリーは小説のおもしろさを決定する重要な要素です。

ではなぜタイトルとストーリーに著作権が適用されないのでしょうか。


回答から先に説明します。タイトルは短すぎて、「思想又は感情を創作的に表現したもの」ではないと言われています。

『失楽園』という小説があります。渡辺淳一が日経新聞に連載した恋愛小説で、テレビドラマでは川島なお美がヒロインを演じて話題になりました。

アマゾンなど、ネット書店のサイトで「失楽園」と入れて検索してみましょう。ミルトン著の『失楽園』、『三毛猫ホームズの失楽園』『カリブの失楽園』『21世紀失楽園』『隣人妻・貴子　父と少年・秘められた失楽園』『失楽園のその後』『僕達の失楽園』。山ほどの失楽園小説が出てきます。ミステリーからポルノ小説まで、多岐に渡ります。

失楽園というタイトルの小説や映画や漫画は、世界中で、何千作何万作と書かれているのです。

実は失楽園は旧約聖書に載っている言葉で、アダムとイブが蛇に騙されて楽園を追放されるエピソードによるものです。失楽園という言葉は、昔から使われているもので、独占できないものなのです。

著作権を持つということは、「これは私のものだ、使うならお金を払え」という意味です。タイトルに著作権を認めると、タイトルを付けることができなくなってしまいます。タイトルの全てのパターンは出尽くしているのです。

ストーリーにも同じことが言えます。

『宇宙戦艦ヤマト』は「放射能に汚染された地球の人々を救うため、沖田十三を艦長とし、古代進、島大介、森雪と一緒に、イスカンダルまでコスモクリーナーを取りに旅をする話」です。

実ははるか三百年前に同じストーリーラインの話が書かれていて、今も舞台や映画、ドラマやアニメで愛されています。

何だと思いますか？

『西遊記』（孫悟空）です。

西遊記は「末法の世で人々を救うため、天竺（インド）まで、お経を取りに三蔵法師と孫悟空、沙悟浄が旅をする話」です。

ストーリーは万人のものであり、独占できないものです。

「全てのストーリーはシェイクスピアが作った。今の小説やドラマは、シェイクスピアのパクリである」という人もいるほどです。

シェイクスピアや歌舞伎など、古典王道ストーリーを換骨奪胎し、あなただけのストーリーを作りましょう。

シェイクスピアも換骨奪胎していた！

全てのストーリーのパターンは、四百年前にシェイクスピアが書き尽くしているんですよ、と授業で話すと、「シェイクスピアってすごいんですね」と受講生が言います。

ですが、シェイクスピアの作品のほとんどは、彼のオリジナルではないのです。

シェイクスピアは、すでにあった物語や舞台劇、エピソード、話題になった実話、物語詩などを元に脚本を書いていたそうです。

シェイクスピアは劇作家、今で言うところのシナリオライターだったのですが、当時の劇場は立ち見席だとわずか1ペニー（ペニーは日本で言う1円玉）、天井桟敷席は2ペニーで入場できたようです（『シェイクスピア百科図鑑　生涯と作品』悠書館より）。

劇は貴族だけのものではなく、庶民の娯楽でもありました。老いも若きも、男も女も、王族も庶民も、同じ舞台劇を見て、同じ場面でもらい泣きをし、感動し、拍手し、喝采したのです。

時代や人種や流行を越えて、万人が楽しめる王道のストーリーに著作権はありません。王道のストーリーを元に、あなたのお話を作りましょう。

『ロミオとジュリエット』は、実話再現ドラマだった

『ロミオとジュリエット』は、実話を元にしています。イタリアのヴェローナ地方で、悲しい恋のあげく、不幸なすれ違いにより死んだ恋人たちがいたそうです。

実話を参考に、物語詩や小説がいくつも発生したものを元にして、シェイクスピアが戯曲にしたそうです。

『ロミオとジュリエット』は実話再現ドラマだったのです。

私たちがテレビのバラエティ番組『奇跡体験！　アンビリバボー』（フジテレビ系）『ザ！世界仰天ニュース』（日本テレビ系）『消えた天才』（TBS系）を観ているようなものですね。

イタリアのヴェローナ地方には、ジュリエットの家とロミオの家があり、観光名所になっています（『地球の歩き方　aruco　イタリア　旅好き女子のためのプチぼうけん応援ガイド』ダイヤモンド・ビック社より）。

ロミオの家は個人宅で今も住んでいる人がいるため、外観だけしか観ることができませんが、ジュリエットの家は公開されています。

ジュリエットの家には、二人が恋を語りあったバルコニーもあります。

余談ですが、中庭には、ジュリエットが毒をあおいで仮死状態になった墓が移設されていて、墓の前で結婚式を挙げることができるそうです。墓の前の結婚式というのは日本人の感覚では不思議ですね。

庭と室内にはジュリエットの銅像があり、銅像の右の胸を触ると恋が叶うという言い伝えがあります。観光客が触りまくるから、ジュリエット像の右側の胸だけぴかぴかになっているそうです。

換骨奪胎はパクリではない

シェイクスピアの戯曲には、タネ本がありました。

では、彼は盗作者なのでしょうか。

いいえ、盗作でもなければパクリでもありません。

シェイクスピアのよさは、ハッタリの利いた演劇的なシーン、緻密なストーリー展開、心に刺さるセリフにあります。

「綺麗は汚い、汚いは綺麗」（マクベス）
「ああ、ロミオ、あなたはなぜロミオなの？」（ロミオとジュリエット）
「尼寺に行け」（ハムレット）
「この世は舞台、人は皆役者」（お気に召すまま）
「ブルータス、お前もか」（ジュリアス・シーザー）

などは、みなさんも聞いたことがあるでしょう。

四百年前、中世のイギリスで演じられた娯楽劇のセリフが今も残っていて、現代でも使われているのです。

『ロミオとジュリエット』のネタ本、アーサー・ブルック著の物語詩『ロミウアスとジューリエット』（北川悌二訳、北星堂書店）は、日本では絶版になっていて、古本屋で探すことも困難です。ですが、シェイクスピアの『ロミオとジュリエット』は今も舞台で演じられ、愛されています。

元ネタをなぞったストーリー展開であっても、シェイクスピアというフィルターを通して作り上げられたドラマは、四百年の時を生きているのです。

文章のトレース、改変コピペはＮＧです

では、パクリとして批難されるもの、問題となるものは、どういうものでしょうか。

二〇一〇年のことです。ライトノベル『俺と彼女が魔王と勇者で生徒会長』（哀川譲著　電撃文庫）に、『バカとテストと召喚獣』（井上堅二著　ファミ通文庫）『れでぃ×ばと！』（上月司著　電撃文庫）などから、文章の類似表現が大量に見つかりました。作者は文章をなぞって書いたことを認め、謝罪し、回収絶版になりました。

二〇一八年、芥川賞候補作、北条裕子著『美しい顔』に、盗作騒ぎが起こりました。北条氏は同作で、群像新人賞も受賞しています。

震災で母を失った女子高生の喪失と成長の物語なのですが、震災のシーンが、５冊の震

災ノンフィクションからの改変コピペ（部分部分を変えての丸写し）だったのです。
北条氏は、被災地の取材をしなかったそうで、改変コピペと合わせて批難されました。結果として『美しい顔』は芥川賞落選でした。

シェイクスピアは、事実を元にした物語詩をネタ本にして、『ロミオとジュリエット』を書きました。シェイクスピアも、ヴェローナ地方には取材していないそうです（『地球の歩き方　aruco　イタリア　旅好き女子のためのプチぼうけん応援ガイド』ダイヤモンド・ビック社より）。

ノンフィクションを元に小説を書くのはいいのです。事実は独占できないもので、事実に著作権はありません。

取材しないこともいいのです。人間には想像力があります。見てきたような嘘をつくのが作家です。

だったら哀川氏、北条氏とシェイクスピアの、何が違っていたのでしょうか。

パクリにならないたったひとつの冴えたやり方は、自分で××すること

シェイクスピアはネタ本を元に、自分のフィルターを通して、シェイクスピアにしか書けない脚本を書きました。

哀川氏、北条氏は、文章をトレースし、改変コピペしました。単語用語等を変えただけで、他人の文章をそのまま書きました。

シェイクスピアが使ったのはストーリーです。元ネタからストーリーを取り出し、換骨奪胎をして、シェイクスピアにしか書けない小説を作り上げました。

哀川氏、北条氏が使ったものは文章そのものです。自分というフィルターを通して、自分だけの小説を書かなかったのです。

パクリにならない方法はたったひとつ。

自分の言葉で文章を書けばいいのです！

創作ノートを持とう

換骨奪胎するためには、元になるストーリーが必要です。

元になるストーリーは、みなさんお持ちのはずです。

テレビのニュースで聞いた贈賄事件や、ネットニュースで読んだほっとする話、国語の教科書でもたくさんの小説を読みましたよね。テレビドラマ、アニメや漫画、小説、映画など、たくさんのストーリーに触れています。

ですが、小説教室で「最近見た映画やアニメ、小説のタイトルを教えてください」というと、みなさん話してくださいません。「あらすじを教えてください」と聞くと、沈黙が返ってきます。

それは、映画を観て「楽しかった」で終わってしまい、忘れてしまうからです。

創作ノートを持ち歩きましょう。

映画を観たあと、あらすじを書きましょう。どこが面白かったか、どこが退屈だったかを書きましょう。

私が使っているのは一〇〇円ショップで売っている3冊セットのノートですが、スマホに入力してもいいですし、ブログを開設して、映画の感想をアップしてもいいですよ。アフィリエイトを張れば、少額ですがポイントが手に入ります（アフィリエイトは、ブログに広告を表示し、そのブログを見た人が、広告を通じてネットショップから購入したとき、ポイントを付与するシステムです。ポイントはネットショップで購入するときの金銭の代わりになります）。

おもしろくない映画を観たときは、私ならこうする、こうすればもっとおもしろくなる、というアイデアを創作ノートに書き出しましょう（こちらはブログには書かないでくださいね。つまらないと書くと敵意を誘うからです。それにあなたの大事なアイデアで、小説の元です。内緒にしておきましょう）。

映画のあらすじだけではなく、読んだ小説のあらすじと感想、ミステリーのオチ、印象的なセリフ、電車の中で聞いた女子高生の会話、博物館や美術館で観て感心したもの。不思議だったこと。ありったけ書き出します。

書くことによって、自分の中の引き出しに収めることができます。

私はデビュー前、カルチャーセンターの小説教室に通っていたとき、先生に言われて創作ノートを持ち歩くようになりました。以来、30年間、観た映画や読んだ小説のあらすじを書き出しています。

なにしろ30年間の蓄積ですから、書き出したあらすじは千話以上になります。

あらすじを書いていくと、あの小説とこの映画はストーリーの骨格が同じだと気付きます。

ストーリーのパターンは、大本を辿ると、たったの10種類ほどになるんですよ。

起承転結と序破急を覚えよう

換骨奪胎をするとき、予備知識として覚えてほしいのが、起承転結と序破急です。

起承転結は、みなさん聞いたことがありますよね。

起　あるとき何かが起こった（はじまり）。
承　その何かがどんどん激しくなる。
転　まったく違うことが起こり、何かが大きく変わっていく（山場）。

結　結局、こうなってしまった（落ち）。

ジャンプの連載のように、起承転転転転でなかなか結にならないものもありますが、一話完結の映画やドラマは、起承転結で書かれています。

特撮ドラマの戦隊ものは一話完結の連作短編で、起承転結がはっきりしてわかりやすいですよ。

また、ジャンプの連載の一話にも、その中で起承転結があります。

序破急は起承転結を、もっと簡単にしたものです。

序　あるとき何かが起こった（はじまり）。

破　まったく違うことが起こり、何かが大きく変わっていく（山場）。

急　結局、こうなってしまった（落ち）。

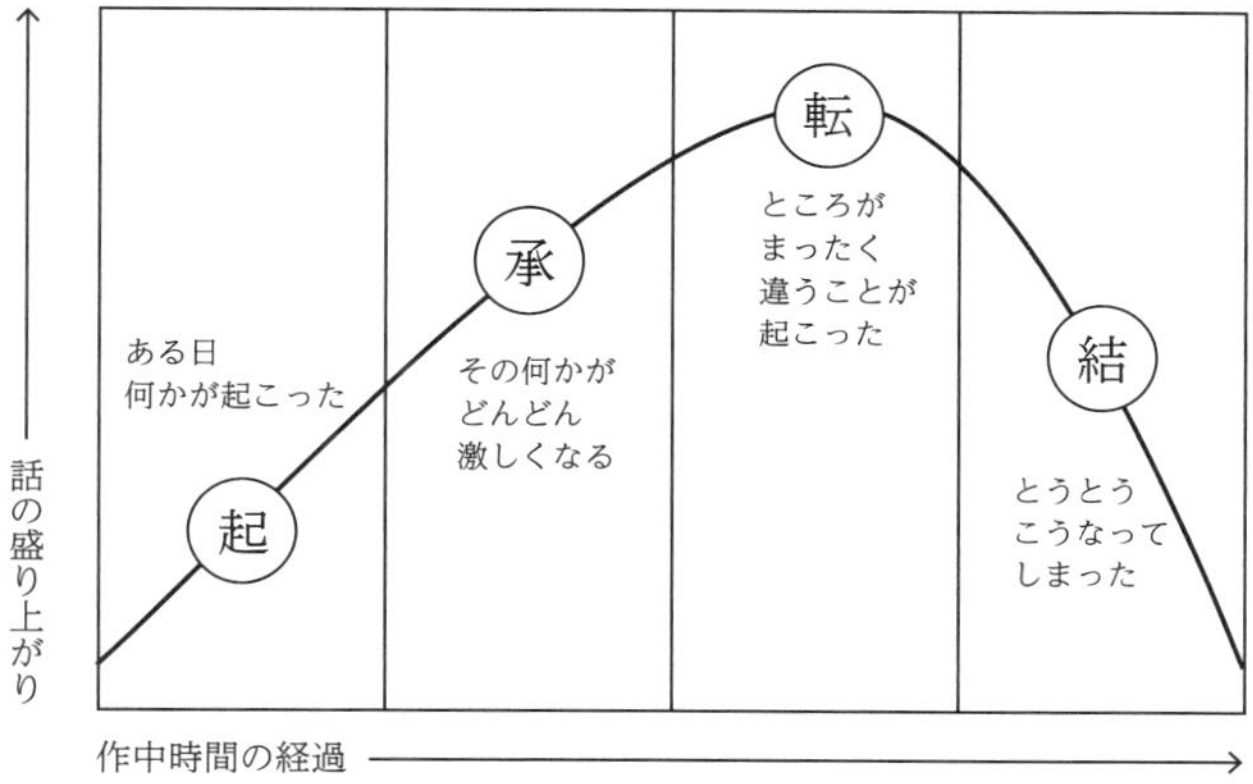
話の盛り上がり
起
ある日
何かが起こった
承
その何かが
どんどん
激しくなる
転
ところが
まったく
違うことが
起こった
結
とうとう
こうなって
しまった
作中時間の経過

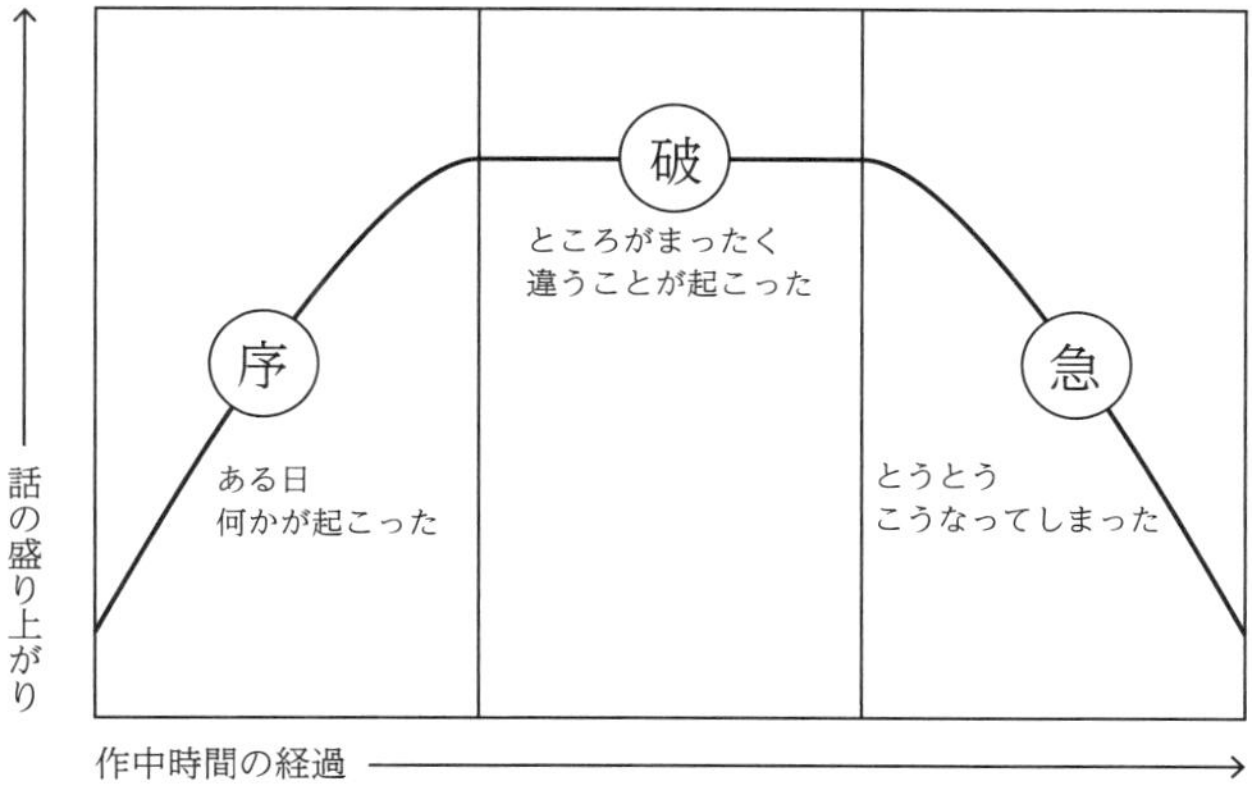
話の盛り上がり
序
ある日
何かが起こった
破
ところがまったく
違うことが起こった
急
とうとう
こうなってしまった
作中時間の経過

起承転結でも序破急でもどちらでもいいのですが、私は序破急で小説を書くようにしています。早く山場に持って行くほうが、読者さんに喜んで頂けると思っているからです。ですが、この本では、わかりやすさを優先して、起承転結で説明したいと思います。

起承転結は、物語の構成を決める大事な要素です。あとで何回も出てきますから、今の段階では、はじまり→山場→落ちという順でお話が進行していくということだけ覚えてください。

これで準備ができました。
次からいよいよ換骨奪胎を行います。

トレーニング編　レッスン1

『ロミオとジュリエット』を下敷きに恋愛小説を書こう

『ロミオとジュリエット』は、悲恋ものの王道パターン

はじめに『ロミオとジュリエット』のあらすじを提示します。

私が見たのはオリビア・ハッセーがジュリエットを演じているハリウッド映画です。

撮影当時15歳だったというオリビアの透明な美しさが印象に残っています。

『ロミオとジュリエット』
ウィリアム・シェイクスピア
中野好夫（訳）
新潮文庫刊

バイオリンで奏でられた音楽も印象的でした。叙情的な美しい旋律で、今でもフィギュアスケートを観ていると、ロミオとジュリエットの音楽がかかるときがあります。

あらすじ

モンターギュー家の一人息子ロミオは、キュピレット家の一人娘ジュリエットとパーティで出会い、恋に落ちる。しかし、モンターギュー家とキュピレット家は憎み合っていた（出会い）。

バルコニーでの逢瀬を経て、ある日二人は、事情を知るロレンス神父に式を挙げてもらって、内緒で結婚する（恋愛感情の高まり）。

ところがロミオは遠くの町へと行くことになり、ジュリエットには結婚の話が進む（トラブルの発生）。

ジュリエットは仮死状態になる薬を飲み、死んだことにしてロミオのもとに駆けつけるはずだったが、ロミオはジュリエットを死んだと誤解して自殺する。目覚めたジュリエットもロミオが死んでしまったことにショックを受け、悲嘆にくれて自殺する（別れ）。

とうとう両家は和解した。

起　出会い
承　恋愛感情の高まり
転　トラブルの発生
結　別れ

という起承転結で書かれています。

映画『ターミネーター』は、タイムパラドックスを下敷きにした悲恋もの

『ターミネーター』が『ロミオとジュリエット』を下敷きにした王道の悲恋物語だと言うと、びっくりする人もいることでしょう。シュワルツネッガーがバイクを運転し、マシンガンをぶっ放すバトルシーンの印象が強烈だからです。

ですが、これは、女子大生のサラと、未来からやってきたカイル・リースの、決して成就することのない愛の物語なのです。

あらすじ

女子大生のサラ・コナーの元へ、屈強な男が現れ、いきなりマシンガンの銃口を向ける。殺されそうになったサラを、カイル・リースという軍人風の青年が身を挺して助けてくれる（出会い）。

カイルはあなたを守るために未来から来たと話す。未来では、人工知能スカイネットが指揮するロボット軍と、サラの息子ジョン・コナーが指揮する人間軍が戦いを繰り広げている。

スカイネットは、サラを殺すことで、ジョン・コナーの存在を消し去り、戦いを終わらせようと考えている。

あの男は殺人アンドロイド・ターミネーター。

サラは信じなかったが、執拗に続く襲撃からカイルが守ってくれることで、心を開くようになり、やがて愛し合うようになる（恋愛感情の高まり）。

タンクローリーを爆発させることでターミネーターを殺したように見えたが、炎の中から機械の骨格だけとなって現れ、なおも襲ってくる（トラブルの発生）。

カイルがターミネーターを爆破するが、そのさいに命を落とす（別れ）。

上半身だけになったターミネーターは、なおもサラを追いかけるが、サラは工場へと逃げ込み、圧縮プレス機に誘導して押しつぶす。

サラはその後男の子を産み、その子にジョン・コナーと名前をつける。ジョン・コナーは成長し、人間軍のリーダーとなる。

『ターミネーター』の一作目を観たとき、私は学生でした。

暗殺者から身を挺して守ってもらえる、というシチュエーションに夢中になりました。

カイルがあっさり死んでしまって、サラがひとりで立ち向かうシーンではドキドキしました。

なお、『ターミネーター2』では、一作目で暗殺者だったターミネーターが、サラとジョンを守る役で登場します。一作目でか弱い女子大生だったサラは、たくましい女戦士になっています。USJのアトラクションにもなっています。

『曾根崎心中』は、日本のシェイクスピア、近松門左衛門が描く悲恋もの

『曾根崎心中』は、現実にあった話を元に、近松門左衛門が文楽（人形浄瑠璃）の脚本として書いたものです。

当時、人形浄瑠璃では時代物が主流でしたが、近松が実際にあった事件を元に脚本を書いたところ、大ヒットしたそうです。近松は日本のシェイクスピアと呼ばれています。

あらすじ

醤油屋の丁稚・徳兵衛と、天満屋の遊女・お初は恋仲だった（出会い、恋愛感情の高まり）。

ところが、徳兵衛には婿養子の話が持ち上がり、お初にも身請け話が持ちあがる（トラブルの発生）。

徳兵衛は、母に渡された結婚支度金を返還することで、縁談を解消しようとした。

だが、友達に金を貸してくれと泣きつかれ、徳兵衛は大事な結婚支度金を渡してしまう。

ところがその友人は、金を泥棒してしまった。

徳兵衛は自殺するしかないと思い詰め、最後の別れをするためお初に逢いに行く。

とうとう二人は来世で一緒になろうと約束し、お互いに首を切って心中した（別れ）。


二人が心中した神社は、今ではお初天神という俗称で呼ばれ、大阪の曾根崎に今もあります。境内には、徳兵衛とお初の像もあります。

『曾根崎心中 冥途の飛脚 心中天の網島 現代語訳付き』
近松門左衛門／諏訪春雄（訳注）
角川ソフィア文庫

私はテレビの映画番組で、映画版を見ました。ロック歌手の宇崎竜童が徳兵衛を演じていました。

宇崎竜童は格好いいのに、天満屋の床の下で、お初の足に抱きつく徳兵衛は情けなくて格好悪かった。ですが、それはまさに人のいい徳兵衛そのものでした。

これを見た当時、私は中学生か高校生だったと思うのですが「一緒に死のう」ではなく、「一緒に生きよう」のほうがいいのにと思ったものです。

『野菊の墓』は、年齢差を障害にした悲恋もの

『野菊の墓』は伊藤左千夫の小説ですが、私は松田聖子主演の映画版で観ました。華やかなアイドル歌手である松田聖子が、純朴な民子を初々しく演じていました。ほんとにこの垢抜けない田舎娘が松田聖子？　と思いました。別人でしたね。

あらすじ
政夫と民子はいとこ同士だったが（出会い）、政夫は民子に、「民子さんは野菊のような人だ」と野菊をプレゼントする（恋愛感情の盛り上がり）。
民子が二歳年上だからと周囲は反対し（トラブルの発生）民子をムリヤリに結婚させ、政夫を進学させる。
民子は流産が原因で死んでしまい（別れ）、政夫は民子の墓の周囲に野菊を植える。と

うとう民子の墓は野菊でいっぱいになった。

「野菊のような人だ」という言葉には、野菊のように純朴で可憐である、という褒め言葉であり、愛の告白でした。

当時の私は高校生で、映画を観ながら、「野菊のような人だ」と言われてもうれしくないなあ、もっとかわいい花のほうがいいのに、と思っていました。

あとで知ったのですが、菊が葬儀花のイメージがついたのは昭和に入ってからのことで、小説が書かれた明治時代において、菊は重陽の節句で用いられる祝いの花だったそうです。

「愛している」の言葉は、時代に合わせて変わっていくのでしょうね。

「野菊の墓」
DVD 発売中　2,800円＋税
発売元：東映ビデオ
販売元：東映

『ニセコイ』は、障害を乗り越えるハッピーエンド

『ニセコイ』は、週刊少年ジャンプの連載漫画です。ジャンプの連載には、ラブコメが必ずひとつ掲載されているのですが、お色気ものが多いです。

『ニセコイ』はジャンプラブコメ枠には珍しく、エッチな描写がほとんどない健全なラブコメでした。

アニメ、映画、ゲーム、ノベライズ（小説）、ソーシャルゲームなどに展開されています。

私はジャンプ本誌で読みました。

あらすじ

「集英組」組長の一人息子、一条楽と、ギャング「ビーハイブ」のボスの娘で桐崎千棘は、抗争を止めるためにニセの恋人同士になる（出会い）。

千棘と楽は、文化祭などを経て、次第に仲良くなっていく（恋愛感情の高まり）。

楽の周囲には小咲、万里花、羽《ユイ》、春、ポーラなど、魅力的な女の子がいっぱい。とくに小咲は、幼い頃に結婚の約束をした相手らしい。

さらに千棘には転校の話が持ち上がる（トラブルの発生）。

千棘は楽に告白し、とうとう二人は本物の恋をすることができた（成就）。

千棘は名前の通り、気が強くとげとげしい女の子です。私は千棘よりも小咲が好きで、楽は小咲とくっついたらいいなと思いながら読んでいました。ところが楽は、千棘を選びました。

ラブコメは、だれをも選ばず終わることが多いので、このラストは驚きました。

このお話は、ニセの恋が本当の恋に変わるラブコメですから、千棘と恋人になるのは、正しいラストだったのではないかと思っています。

『ニセコイ』に代表されるハッピーエンドものの恋愛物語は、

起　出会い
承　恋愛感情の高まり
転　トラブルの発生
結　恋愛成就する

という起承転結で書かれています。

悲恋ものとの違いは結の部分。悲恋ものが死や永遠の別れで終わるのに対して、トラブルを乗り越えて恋愛を成就させて終わりになります。

悲恋とハッピーエンド、どちらがいいの?

人間というものは不思議なもので、それぞれ別々のことを考え、別々の物を買おうとしますが、実際には、みんなが同じ物を欲しがり、同じ娯楽を楽しみます。

その行動様式のことを、ある簡単な言葉で表現されます。

何だと思いますか?

それは流行です。

流行は何によって変わるのでしょうか。

時代の変化(景気)です。

小説にも流行があるのですが、流行は景気によって変わります。

景気のいいときは、重くて悲しい話が好まれ、景気の悪いときは、軽妙で明るい話が好かれます。

ポルノ小説の場合、景気のいいときにはハードなレイプ物や調教物が売れ、景気の悪いときにはソフトな誘惑物が売れます。

ポルノ小説の読者は男性会社員なので、景気がいいときは仕事が順調で気が大きくなっているから、ハードな調教物を読んで楽しみ、景気の悪いときは包容力のある年上女性が「あなたはがんばっているわ。元気を出して。私があなたを慰めてあげる」と優しく抱きしめてくれるお話を読むそうです。

ホラー小説は、景気のいいときには悲惨な物語が売れ、景気の悪いときにはほんわか系のちょっと不思議な物語が好まれるそうです。

恋愛小説の場合も同じで、景気のいいときは悲恋もの、景気の悪いときはハッピーエンドが流行するそうです。

皆が元気で余裕がないと、悲惨な物語を楽しむことはできないのでしょうね。

余談ですが、シェイクスピアは喜劇もたくさん書いていますが、名作と呼ばれ、たくさん上演されたのは、『マクベス』や『ロミオとジュリエット』『ハムレット』のような悲劇でした。

当時のイギリスは、女王であるエリザベス一世が統治し、英国の黄金期と呼ばれ、とても景気のいい時代でした。

スペインの無敵艦隊を破り、経済は発展し、戦争もなく、平和を謳歌していました。そんな時代に娯楽としての悲劇が好まれたのは、当然のことだと言えるでしょう。

日本のシェイクスピア、近松門左衛門が『曾根崎心中』を書いたときは、一七〇三年（元禄16年）。元禄時代は、5代将軍綱吉の統治下で、繁栄していました。景気のいい時期に悲劇が好まれるのは、日本もイギリスも同じなのですね。

では、流行に乗る小説を書けば成功するのでしょうか。

私は、「今は景気がいいから悲劇を書こう」と考えるより、好きな小説を書いてほしいと思っています。

流行は回ります。

たとえあなたの小説が流行と違っていても、好きな小説を書いていたら、いつかあなたの小説が流行の最先端になります。

ポルノ小説の世界では、現在は誘惑物がよく売れていますが、それでもハード系を好む読者は一定数います。自分の好きなもの、向いているものを熱意を込めて書く作家は、（大売れはしませんが）読者の支持を得て細く長く書き続けることができます。

好きな小説を書きましょう！

ところが小説教室でそう言うと、好きな小説が何かわからない、と答える受講者が必ずいます。自分の好きなものって意外とわからないものですよね。

次ページに『ロミオとジュリエット』のテンプレートを表示しますので、考え込まず、思いつきで文字を入れていってください。**そうしてできあがったお話があなたの好きな小説であり、書きたい小説なのです。**

テンプレートに文字を入れていってお話を作るやり方は、あなたの頭の中に、ごちゃまぜに入っている小説の断片を取り出して、ひとつのストーリーにするテクニックです。

テンプレートはドリルのように、問題に対してあなたの答えを書くようになっています。

具体的な使い方は、テンプレートの次ページにあります。

『ロミオとジュリエット』テンプレート

障害

彼

名前

属性（年齢、血液型、性格、職業）

彼女

名前

属性（年齢、血液型、性格、職業）

視点は彼か彼女か？

時代

場所

出会いのエピソード

（遅刻遅刻～と食パンをくわえて走っている彼女と塀の角でぶつかる）

（お嬢さん、落ちてましたよ、と彼が彼女にハンカチを渡す）

仲良くなるエピソード

（ダンスパーティで知り合う）

仲違いするエピソード

結果のエピソード

（彼女が死ぬ）

（ケンカを仲直りする）

その後どうなったか？

（エピローグ）

『ロミオとジュリエット』テンプレートの使い方

1　障害を考えよう

恋愛ものは、障害が大きければ大きいほど燃え上がります。

なので、まずはじめに、障害を書いてください。

『ロミオとジュリエット』は、キュピレット家とモンターギュ家という、憎み合う家庭に生まれました。

『ニセコイ』もそうです。ヤクザの集英組と、マフィアの「ビーハイブ」は仲が悪く、抗争を止めるために組長の息子とボスの娘がニセの恋人になるお話です。

SF設定でパラレルワールドの住民。あるいは未来から来た人でもいいですね。

身分違い。先生と生徒。実の兄妹だった。年の差。

不治の病などもドラマチックになりますよ。

考え込まないで思いついた内容を書き込んでください。

2　出会いのエピソード（起承転結の起）

『ロミオとジュリエット』は舞踏会で出会って恋に落ちます。

『ターミネーター』は、シュワルツネッガーが演じる殺人アンドロイド・ターミネーターの攻撃を、カイル・リースが身を挺して助けたことがきっかけです。

『ニセコイ』では、通学時、遅刻しそうになった千棘が、塀を乗り越えて飛び降りた瞬間、楽を押し倒して馬乗りになる出会いからはじまります。千棘の強気な性格が、よく現れているシーンでした。

昔のラブコメ漫画では、「遅刻遅刻ー」と食パンをくわえて走ってきた女子高生が、塀の角で転校生のイケメン少年とぶつかるのが定番の出会いのシーンでした。

私が子供の頃に読んだ少女漫画には、わざとハンカチを落として拾ってくれた少女に、お礼にお茶でも、と誘うシーンがありました。食パンくわえて角でぶつかったり、ハンカチを落としてお茶に誘ったりなんてシーンは、今書くとギャグですね。

みなさんも、物語の時代にあった出会いのシーンを書いてくださいね。

3　二人の名前、年齢、性格、時代、場所を考える

出会いのシーンを書いたあなたは、二人の名前、年齢、性格が書けます。塀から飛び降りた女子高生に、男子高校生が押し倒されるのが出会いのシーンなら、ヒロインは気が強くて活発な女の子でしょう。少年は老成していておだやかな性格でしょう。

性格を書くとき、なぜそういう性格になったのか、背景を考えましょう。

一条楽は、家が「集英組」という昔ながらの任侠組織で、ヤクザたちに取り囲まれて育ってきたので、老成するしかありませんでした。

一方千棘は、マフィア「ビーハイブ」のボスの娘として、護衛役のクロードや鶫清士郎《つぐみせいしろう》に守られて、のびのびと育ちました。

時代も場所も書けますね。

舞踏会での出会いなら、貴族や王族で中世ヨーロッパ、あるいは大正時代の鹿鳴館になります。

血液型も書きましょう。

血液型はキャラ付けに便利です。

Ｏ型だと鷹揚だけどおおざっぱな性格であるとか、ＡＢ型だと理性的で天才肌だが二面性があるとか、Ｂ型は変人、Ａ型は几帳面であるとか性格を現します。

血液型を書くことによって、主人公のイメージがくっきりしてきます。

これで起承転結の起が完成しました。

４　視点者を決めよう

視点者というのは、誰をお話の語り手にするか、ということです。

ヒロインの視点で書くのか。

ヒーローの視点で書くのか。

別れのシーンひとつ取ってみても、視点者によってまったく違うドラマになります。

例文をあげます。

脚本形式で、会話だけです。

綾子「元気でね」
涼太「ああ、君も。元気で」
綾子「ご飯食べてね。ゴミ出しはちゃんとしてね」
涼太「大丈夫だよ。君こそ俺と別れたからって、やつれないでくれよな。幸せになれよな」
綾子「ふふ。そうね。さよなら」
涼太「ああ、さよなら」

綾子視点

——せいせいするわ。

綾子は思った。

「元気でね」

涼太とは合コンで知り合った。涼太は編集者で、マスコミの人間特有の、おしゃれな雰囲気を纏っていた。彼の押しの強さとスマートさに引かれて交際を始めたのだが、同棲してはじめて、涼太の本性に気付いた。

涼太は昭和男だった。家事は女がやるものと思い込んでいて、縦のものを横にすることさえしなかったのである。

「ああ、君も。元気で」

――ええ、あなたと別れると元気になれるわ。

綾子は看護師だ。職場で患者の世話をして、家で涼太の世話をする生活にほとほと疲れてしまったのである。

しかも同棲してから、彼はフリー編集者であることが判明した。綾子のほうが年収が高い。家事全部綾子で、生活費が折半なんてやっていられない。

生活費が折半なら家事も半分ずつにしようと何度も言ったが、彼は聞く耳を持たなかった。

「ああ、君も。元気で」

涼太は涼しげな表情で笑っている。

「ご飯食べてね。ゴミ出しはちゃんとしてね」

――家事は自分でしなさいよ。

そんな思いを込めて言うと、涼太は爽やかに笑った。

「大丈夫だよ。君こそ俺と別れたからって、やつれないでくれよな。幸せになれよな」

——あなたと別れると幸せになれるわよ。だれがやつれるものですか。私はあなたが心の底から嫌いなの。

綾子は笑った。

「ふふ。そうね。さよなら」

「ああ、さよなら」

綾子はさっぱりした気分でアパートを出た。

涼太視点

「元気でね」

恋人の綾子が、せつなそうな表情で玄関に立っている。

「ああ、君も。元気で」

涼太は別れの挨拶をした。

去る者は追わない。

彼女が涼太のもとから離れていくのなら、それでもいい。どうせまた、別の女がやってくる。涼太は自分が、女受けする容姿の持ち主であることを知っていた。

「ご飯食べてね。ゴミ出しはちゃんとしてね」

綾子は世話好きの母親のようにおしつけがましい口調で言った。

綾子は看護師で、性格がきつかった。

次にできる恋人は、涼太が右を向けと言ったら一日中でも右を向いているような、そんな素直な少女がいい。

「大丈夫だよ。君こそ俺と別れたからって、やつれないでくれよな。幸せになれよな」

「ふふ。そうね。さよなら」

綾子は未練たっぷりの表情だった。

別れることが淋しくてならないのだろう。

——すまない。綾子。君が僕の元に戻ってきたとき、僕はきっと新しい恋人がいるよ。だからどこかで幸せになってくれ。

「ああ、さよなら」

　涼太は晴れ晴れとした気分で、広くなった部屋を見渡した。


　視点者が変わると、同じ場面がまったく違うものになります。

　綾子視点で書くとき、涼太の心の中はわかりませんし、涼太視点で書くとき、綾子の心の中を覗くことはできません。

　これが映画なら、ナレーションや俳優さんの演技、音楽や演出で、二人が何を考えているのか表現することが可能です。

　回想シーンは霞がかかったように画面がぼけるし、悲しいシーンでは窓の外で雨が降っています。もの悲しい音楽がかかり、悲しいシーンをいっそう悲劇的に盛り上げます。感動の再会のシーンでは、スローモーションになります。

　ですが、小説は、文字しかありません。そのため、視点者を決めて、視点者の思いを書きましょう。

5　恋愛が盛り上がるシーンを考える（起承転結の承）

恋愛が盛り上がるシーンを考えましょう。

『ロミオとジュリエット』なら、バルコニーで愛を語り合うシーンがそれに当たります。

文化祭や体育祭を、二人で一緒に実行委員になって成功させることでもいい。

修学旅行でもいいですね。

会社員なら、二人でプロジェクトを成功させることでもいい。

むず痒くもどかしいラブラブなひとときを書きましょう。

6　トラブルを乗り越えさせよう（起承転結の転）

恋愛が盛り上がったところで、トラブル（問題）を発生させ、すれ違いを起こさせましょう。そして、トラブルを乗り越えさせましょう。恋愛をより強固にするのです。

『ターミネーター』の場合は、殺人アンドロイド・ターミネーターの都度重なる攻撃です。

『曾根崎心中』では、徳兵衛が、お初に逢いに行き、床下から手を伸ばし、お初の足にすがりつくシーンです。お初が足を動かす仕草と、徳兵衛が足に頬ずりすることで、二人の思いは同じなのだと観客に示します。

あるいは、ライバルの出現でもいいですね。実は許嫁がいたというのは定番です。

不治の病、周囲の反対、結婚話。

現代物の場合は海外転勤でもいいですね。

7　別れか、恋愛の成就か（起承転結の結）

障害を乗り越えさせ、恋愛関係が強固になったところで、二人をお別れさせましょう。あるいは成就させましょう。

不治の病で余命3ヶ月。でも、病室で結婚式を挙げる。「綺麗だよ」「愛しているわ」ウエディングドレスで死んでいく。感動的ですよね。

『ロミオとジュリエット』は、すれ違いと誤解により、二人とも死んでしまいます。

『曾根崎心中』では、お初の首を切ろうとしてためらう徳兵衛を、お初が「早う、早う」

と催促します。そして、二人は血まみれになって死んでいきます。

『ニセコイ』は千棘から申し込み、ニセの恋が本当の恋へと変わりました。読んでいる人がきゅんきゅん来るような、せつないラストシーンを書いてくださいね。

受講生が作った『ロミオとジュリエット』換骨奪胎ストーリーの例

障害

身分の違い

彼

名前　中川徹三《なかがわてつぞう》

属性　20歳　一八九五年（明治28年）生まれ

小作農家の三男。

成績優秀だったが、家計を支えるため学業をあきらめ働いている。

彼女

名前　大森八重乃《おおもりやえの》

属性　15歳　一九〇〇年（明治33年）生まれ

地主の娘。

艶やかな黒髪を流行の髪型に結っている。

ふっくらとした唇。袴姿。本が好き。

地域の女性には珍しく女学校に通っている。

視点は彼か彼女か？

彼女

時代

明治～大正

場所

製糸業、養蚕業が盛んな土地

（群馬県あたり）

出会いのエピソード

一九一五年（大正４）の初夏。

八重乃が落とした歌集を徹三が拾って届ける。

八重乃が東京から取り寄せたもので、徹三にとってはあこがれのものだった。

仲良くなるエピソード

夏。村に大雨が降り、川が氾濫する。皆で高台に避難する。

その時、足をくじいた八重乃を徹三が助ける。

与謝野晶子の歌集などについて話をする。

お互い、村ではほかにこんな話をできる相手はいない。急速に惹かれ合う。

仲違いするエピソード

徹三と親しく話している様子を親が見て、八重乃を叱りつけ、蔵に閉じ込めて鍵を掛けてしまう。約束の場所に八重乃は行けず、徹三は嫌われたと思い込んで、道で会っても避けるようになる。

冬。八重乃は学校をやめさせられ、親の決めた縁談により東京へ移る。徹三に住所は知らされず、手紙もやりとりできなくなってしまう。

結果のエピソード

徹三は八重乃の親にあらぬ噂をふりまかれ村に居られなくなり、中国大陸に渡って輸送業を始める。日本の陶磁器を中国経由で欧州に売り、欧州から取り寄せた石鹸を日本に売る。今でいう総合商社だ。

大正デモクラシー華やかな東京で、八重乃の婚家は没落し、姑は病弱で、夫は芸者と蓄電してしまった。八重乃は婦人記者となって婚家を必死に支えるが、姑はついに事切れる。

姑は「あなたは十分東桐蔭家に尽くしてくれたわ。これからは八重乃さんの自由に生きて」と言い残して死ぬ。

その後どうなったか？

時代は昭和へ。一九三一年、満州事変。一九三二年、満州国建国。

婦人記者となった八重乃は取材に向かう。

首都・長春で二人は再会する。

徹三はまだ独身を貫いていた。

これまでの誤解を解き、結ばれる。（ハッピーエンド）

作者は中島未知さん。41歳の女性の方です。

『はいからさんが通る』のようなお話ですね。

トレーニング編　レッスン2

歌舞伎の『勧進帳』を元に、逃亡のお話を書こう

『勧進帳』は、命を狙われた義経を弁慶が送り届ける逃亡ストーリー

王道ストーリーのひとつに、囚われの王子様（お姫様）の逃亡を、庶民が助けるお話があります。

歌舞伎の『勧進帳』がそうですね。判官贔屓《ほうがんびいき》という言葉があります。

判官とは、源九郎義経《みなもとくろうよしつね》が左衛門少尉という役職（判官）にあったことに由来します。

義経の幼名は牛若丸です。京の五条の橋の上で弁慶と渡り合った牛若丸は、長じてのち、壇ノ浦の合戦などで武勲を挙げました。

ところが義経が利発すぎたことから、兄の頼朝の怒りを買い、自害に追いやられました。

義経の死後に書かれた『平家物語』や『源平盛衰記』『義経記』によって彼の哀れな死が衆目の知るところになり、同情を集めました。そのため判官贔屓という言葉が生まれたそうです。

弱い王子様（お姫様）を助けたい、弱きを助け強きをくじくお話を読みたいという思いは、はるか昔から連綿と続いているのです。

歌舞伎の『勧進帳』は、義経を逃がすため、弁慶をおつきにして関門を越える物語です。

勧進というのは、お寺の建設や修理のため、募金を集めることを言います。募金は善行であり、善行を勧めながら旅をするのですね。勧進帳は、お寺の由緒を書いた巻物だそうです。

私は東京の歌舞伎座で観ました。当時千葉に住んでいて、編集者との打ち合わせに東京に出てくるとき、幕見席で歌舞伎を観て帰るのが楽しみでした。

歌舞伎は3つぐらいの演目を同時に上演するのですが、幕見席だと、幕が上がり幕が下がるまでの演目、ひとつだけを観ることができます。

歌舞伎見物は、高くつく印象がありますが、幕見席だと安く、映画と同程度の値段で楽しめます。

大向こうから声がかかり、役者さんたちの衣装が華やかで、楽しい時間でした。

あらすじ

兄の源頼朝に命を狙われた源義経（牛若丸）は、山伏姿の武蔵坊弁慶を先頭に、自身は強力《ごうりき》（荷物持ちの少年）にやつして関門を通り抜けようとする。弁慶は奈良の東大寺の僧侶であり、消失した寺社の再建のため、勧進の旅をしている、という設定です（誰が誰をどういう手段で送り届けるか)。

安宅《あだか》の関の役人・富樫は不審に思う。

富樫は弁慶に、勧進旅なら勧進帳があるはずだ。読み上げろという。比叡山の僧兵だった弁慶は、ありあわせの巻物を広げ、天に響けとばかりに浪々と読み上げる(障害1、勧進帳読み上げ)。

富樫は「勧進帳に疑いはないが、山伏はなぜいかめしい格好をしているのだ?」「九字真言とはいかなるものか?」と次々に質問をぶつける。元は僧兵である弁慶は完璧に答える(障害2、山伏問答)。

富樫はついに通行の許可を出すが、番人のひとりが、強力が義経に似ていると言い出す。弁慶は、「おまえが義経に似ているから、疑われたではないか」と怒り、金剛杖で義経を打ち据えて疑いを晴らす(障害3、金剛杖打擲《ちょうちゃく》)。主君を打ち据えるなど、ありえないこと。ようやく義経一行は、安宅の関を超えることができた。

起　誰が誰をどういう手段で送り届けるか?

承　障害1

転　障害2
結　障害3
エピローグ

という起承転結で書かれていることがわかります。

『キングダム』は、敵国に置き去りにされた王子を、闇商人の女が母国に送り届ける逃亡ストーリー

『勧進帳』と全く同じストーリー展開が『キングダム』という漫画の8巻にあります。

『キングダム』は、週刊ヤングジャンプ掲載の、中国の春秋戦国時代を描く連載漫画です。作者は原泰久。第17回手塚治虫文化賞マンガ大賞受賞作です。アニメ、小説、ゲームなどに展開されています。映画化もされました。

私は漫画とアニメで楽しんでいます。

『キングダム』8巻のあらすじ

秦国の王子（後の秦の始皇帝）政《せい》は、7歳の少年ながら敵国である趙に置き去りにされ、虐待されていた。

秦国の役人に頼まれた闇商人の女・紫夏《しか》は、政を米俵に隠して関門を抜ける（誰が誰をどういう手段で送り届けるか）。闇商人のため、積荷はノーチェックだった。

だが、2つ目の関門で、関門の役人がふざけて米俵に向かって弓を射る（障害1）。政は腕を射貫かれたが、悲鳴ひとつ上げなかった。

5つの関を越えたが、政は虐待の日々のあげくノイローゼになっていて亡霊に殺される幻に苦しみ、馬車から飛び降りてしまう（障害2）。

紫夏は「亡霊などいない、まやかしだ」と抱きしめる。

追ってきた趙兵とのバトルになる（障害3）。

闇商人一行は、ひとり、またひとりと倒されていく。たったひとり残った紫夏は、ようやく政を秦国に送り届けることに成功したが、政を庇って槍で胸を射貫かれる。紫夏は、「政様ほどつらい経験をして王になるものは他におりません。だからあなたは、誰よりも偉大な王になれます」と言い残して死んでいく（エピローグ）。

『キングダム』は、『史記』（司馬遷著）に基づいて書かれています。

『史記』には、呂不韋伝（紀元前97年）というのがあり、奇貨居《きかお》くべしという故事に、政の父、子楚について書いてあるそうです。

実は私は、史記を読んでいません。

キングダムの元になったストーリーだというので、一度チャレンジしようとしたのですが、大作で挫折しました。ですので、これはウィキペディア等からの情報です。


奇貨居くべしは、秦国の商人呂不韋《りょふい》が、趙国に人質になっていた秦の王子・子楚《しそ》（政の父親）を助けて、あとでうまく利用したという故事。珍しい品物（奇貨）は居（置）いておけば（買っておけば）、あとで大きな利益をあげる材料になるという意味。

呂不韋は宮廷で暗躍し、政治取引で子楚を帰国させる。やがて子楚は秦王となり、呂不韋は王の後ろ盾として権勢をふるう。


今から二千年以上前に、すでにもう、「囚われの王子様（お姫様）の逃亡を庶民が助ける話」の原型ができていたのです。

『とある飛空士への追憶』は、敵国に取り残された姫の逃亡を、庶民出身の飛行士が助けるライトノベル

二〇〇八年に発売されたライトノベルです。劇場版アニメにもなり、コミカライズ（漫画化）もされました。シリーズ化して、続編がたくさん作られました。

あらすじ

「美姫を守って単機敵中翔破、1万2千キロ。やれるかね？」

レヴァーム皇国の傭兵飛空士シャルルは、天ツ上国《あまつかみ》のレヴァームの領地から、次期皇妃ファナを婚約者の元に送り届けるように命令される（誰が誰をどういう手段で送り届けるか？）。

海の制空権は、天ツ上国が掌握していた。シャルルは愛機サンタクルズ号の後部座席にファナを乗せ、レヴァーム皇国へと向かう。

空戦に次ぐ空戦（障害1、2、3）をくぐり抜け、ようやくのことで目的地についたが、出迎えの軍人はファナを保護する一方で、シャルルを汚いもののように追い払う（エピロー

グ）。

シャルルは、報酬の砂金を入れた袋を座席に乗せ、ファナの上で宙返りを行う。砂金が雨のように降り注ぎ、きらきらと輝く。それはさながら、これから結婚するファナへの祝福のようだった。

私は小説版で読みました。

ファナ姫がいる城は、敵国の真ん中です。もともとはレヴァーム皇国の領土だったのが、戦火の拡大で周囲が敵国の支配地に変わっていき、敵地に囲まれてしまいました。

ラストシーンで、シャルルが運転するサンタクルズ号がファナの頭上で宙返りをし、砂金をシャワーのように降り撒くところが素敵でしたね。

報酬なんていらない。ただ、ファナ、あなたの幸せを祈っている。シャルルのそんな思いが降り注ぐ砂金に現れていました。

そして、敬礼をして飛び去っていく。かっこよかったです。

『とある飛空士への追憶』
犬村小六
小学館

『闘技場の戦姫《いくさひめ》』は、敵国に残された姫の逃亡を、配送人の庶民が助けるジュブナイルポルノ

私の書いたジュブナイルポルノです（私はライトノベルや時代小説も書いていますが、ジュブナイルポルノ作家です）。

あらすじ

仲の悪い隣国との紛争の防止に王子と王女を交換していたが、隣国に行った王子は、鹿狩りのさい熊に襲われて死んでしまった。王は怒り、王女スカーレットを闘技場の剣闘士奴隷にした。

王女は自国へ戻るために、配送人グスタフに自身の母国への配送を頼む（誰が誰をどういう手段で送り届けるか？）。

配送人グスタフは、スカーレットを娼婦に変装させて関門を突破する。（障害1）。

野党に襲われるが、無敵の剣闘士奴隷だったスカーレットが見事な剣技で撃退する（障害2）。

宿屋で兵に見つかるが、着の身着のままで逃げる（障害3）。

とうとう隣国に送り届けることができた。

『闘技場の戦姫』
わかつきひかる
フランス書院

『勧進帳』テンプレート

誰が（庶民が）

何のために送り届けるのか？
（お金のため、忠義のため、
愛情、命令だから）

誰を（囚われの王子様、お姫様を）
その王子様はどんな人ですか？

その高貴な人は、
どういう理由で囚われているのですか？

どこから（敵地）

どこまで？（自国）

どういう手段を使って？

（政治取引、関門を変装して通り抜ける、飛行機で、荷馬車に隠して）

障害1

（関門、海、敵、トラップ、敵地、ジャングル）

障害2

障害3

送り届けたあと、
どうなるのですか？
（結婚する、
権勢を振るう、
戦争になる）

『勧進帳』テンプレートの使い方

1　誰が誰を送り届けるのかについて、まずはじめに考えましょう

誰が、は庶民です。

誰を、は王子様（お姫様）など、身分の高い人、あるいは高価なものです。

そしてこれが大事なのですが、王子様（お姫様）はどういう理由で囚われているのかを考えましょう。

『勧進帳』では、義経は実の兄に命を狙われていて、関門の役人は関所を通すなと厳命されています。

『キングダム』は、父だけ母国に戻り、子供である政は敵国に置き去りにされました。

『とある飛空士への追憶』では、戦火の拡大で、ファナ姫のいる城の周囲が敵国の領土になり、ファナ姫は母国に戻ることができなくなりました。

『闘技場の戦姫』では、紛争を止めるための王族交換です。

2　何のために送り届けるのか？

『勧進帳』では主君への忠義でした。

『キングダム』では、哀れな王子様を助けてあげたいという紫夏の義侠心でした。

『とある飛空士への追憶』のシャルルは、命令でした。軍隊の兵士であるシャルルは、命令を断ることはできなかったのです。

『闘技場の戦姫』の配送人グスタフは、報酬が目当てでした。

3　次に、どういう手段で、どこからどこまで送り届けるのかを書きましょう

積荷に隠して関門を抜ける。

娼婦に化けて、あるいは強力（荷物持ちの少年）に化けて関門を抜ける。

奇貨居くべしは、政治取引です。

『とある飛空士への追憶』は、飛行機に乗って、海の上を空戦しながらの移動です。

石川五右衛門のように大凧に乗ってとか、あるいは『オズの魔法使い』のドロシーのよ

うに竜巻に飛ばされてとか、ドローンにつり下げられてとか、地下通路を辿ってとか、いろいろ考えられると思います。

どこからどこまでも書いてください。

危険なところから安全なところへ送り届けるのが原則です。

障害は3つほど作ってください。

関門だけではなく、ジャングル、砂漠、ダンジョン、地雷原などでもいいですね。危機をくぐり抜けたらまた危機。その危機をくぐり抜けたらまた危機というふうに、読者をドキドキさせてください。

送り届けたあとどうなるのかも書きましょう。

送り届けて死んでしまうのか。報酬を得るのか。丁重に遇されるのか、あるいは追い払われるのか。物語のエピローグに相当する部分です。

受講生が作った『勧進帳』換骨奪胎ストーリーの例

誰が

ニートな魔法使い（A国の国王に仕えていたが、変身魔法で国王の姿になって王妃にちょっかいを出した結果、宮廷を追放され、今は田舎暮らし）

何のために送り届けるのか？

疑心悪鬼に駆られた国王が暴走しないかと心配した王妃により、魔法使いに王子救出の依頼がいく。もしかすると自分の子供かもしれないと心配した魔法使いは、その依頼を受ける。

（国王の姿になってベロベロに酔った挙句、王妃の部屋で寝ていたということが過去にあり、間違いを犯したかも？　と心配している。このことが原因で魔法使いは処刑されそうになったが、王妃の執り成しで宮廷追放で済んだという恩が、王妃に対してある。ヘタレな魔法使いは、怖くて事の真相を王妃に確認できないでいる）

誰を。その王子様はどんな人ですか？

A国の王子様

その高貴な人は、どういう理由で囚われているのですか？

王子の容姿や性格が国王と違い過ぎるので、国王から自分の血が繋がっているのかと疑われているから。

どこから

王子が幽閉されている古城から。（罪人幽閉用に使われているため、監獄城と呼ばれている）

どこまで？

王妃の実家であるB国の王城まで。

どういう手段を使って？

国王に化けて（魔法使いだから）

障害1

監獄城からの脱出。

（魔法使いは懲りずに国王に化けて、王子を連れ出そうとする。しかし途中で衛兵に見破られ、王子と二人で全力疾走。走りながら城のあちこちに火をつけ、城内は大混乱。なんとか追っ手を撒くことに成功する）

障害2

関所を突破。

（厳重な警備を突破するため、魔法使いは王子の顔を魔法で変えた上、棺桶に入れて通過しようとする。関所の疑り深い役人は、死体のふりをした王子に槍を刺そうとするが、魔法使いが泣いて止めるので、思い止まる。心を入れ替えた役人は、王子を丁重に弔うように部下へ指示を出す。結果、呆然とする魔法使いを残して、兵士達が王子を墓に埋めてしまった。深夜、魔法使いが墓から王子を掘り返す。墓守が気付き、死体が蘇ったとゾンビ騒ぎになるが、魔法使いと王子は逃げた後だった）

障害3

Ｂ国の王城に到着するが、Ａ国の国王が待ち構えていた。（兵士に取り囲まれて、万事休すの魔法使いと王子。王子の本当の父親は、やはりお前か！と魔法使いに詰め寄るＡ国の国王。かくなる上は、王子だけでも逃がすために、Ａ国の国王と刺し違えようと魔法使いが考えているところに、Ａ国の王妃がＢ国の国王と共に現れる。王妃の父親であるＢ国の国王は、顎に蓄えていた豊かな髭を剃り始める。髭を剃り終えたＢ国の国王と王子は容姿がよく似ており、王子は、おじいちゃん似だったことが分かる）

送り届けたあと、どうなるのか？

全ては誤解だったと分かるが、Ａ国の国王と魔法使いの間で醜い責任の押し付け合いが始まる。

しかし王妃の一喝で二人は床に正座をさせられ、共に反省するまで飯抜きとなる。

その後、仲直りをした王子とＡ国の国王、王妃は三人仲良くＢ国を後にし、Ａ国への帰途に就く。

三人を見送る魔法使いは、王妃からの報酬としてＢ国の宮廷への就職が決まる。

作者はあおいはるきさん。38歳の男性会社員で、ビルメンテナンスの仕事をされています。

このお話は誰が書いてもハードなバトル物になるのですが、ギャグになりましたね。意外でした。

トレーニング編　レッスン3

『マクベス』を下敷きに成功と破滅の物語を書こう

『マクベス』は、成功と破滅の物語の王道パターン

マクベスは11世紀に実在したスコットランド王です。国王に忠義を捧げる武将でしたが、王殺しを行い、自分が王位につきました。シェイクスピアの他の戯曲と同じく、実在の事件を元に執筆されました。

なお、実際のマクベス国王は、在位期間も長く、名君だったそうです。

『マクベス』
ウィリアム・シェイクスピア
福田恒存（訳）
新潮文庫刊

私は映画を観たのですが、美しいドレスと、スコットランドの美しい光景、マクベスの小心さ、マクベス夫人の奇矯さが印象に残っています。

あらすじ

武将マクベスは、荒野で遭遇した3人の魔女から「おまえは王になる器だ」と言われる（きっかけ）。王座への野心が芽生えてくる。

ある日、国王ダンカンが王子をつれてマクベスの居城に来たとき、マクベスは国王を暗

殺した（行動）。王子は隣国へ逃亡し、マクベスが国王となる（成功）。

ところが、マクベスと夫人は王座を失うことの不安から正気を失っていき、暴君となる。

そんなとき、隣国へ逃亡した王子たちが挙兵し、マクベスの居城を攻撃する。

とうとうマクベスは、王子たちに殺される（破滅）。


『マクベス』は、きっかけ→行動→成功→破滅　というストーリーラインで書かれています。

これを起承転結に当てはめると、次のようになります。

起　きっかけが起こる。
承　行動を起こす。
転　成功するが、暗雲が立ちこめる。
結　破滅する。

『マクベス』と同じストーリーラインで書かれているドラマや小説はたくさんあります。

『風と共に去りぬ』は、アメリカの南北戦争を舞台にした成功と破滅の物語

あらすじ

スカーレット・オハラは、愛するアシュレーが友達のメラニーに恋していることに気付き、あてつけでメラニーの兄と結婚する（きっかけ）が、夫は南北戦争で戦死してしまう。

『風と共に去りぬ』
マーガレット・ミッチェル
鴻巣友季子（訳）
新潮文庫刊

ある日スカーレットは、戦局が敗退の色を増してきたアトランタから逃れるため大嫌いなレット・バトラーを頼り、故郷の地タラに戻る（行動）。

ところがタラは、戦争で荒れ果てていた。スカーレットは、自ら商売を興し、レット・バトラーと結婚をして娘が生まれる（成功）が、スカーレットはレットに惹かれながらも私はあなたなんか好きじゃないと言い続ける。

娘の死を契機にして、とうとうレットは、スカーレットに別れを告げた。大好きな友人メラニーも死んでしまった（破滅）スカーレットは泣きながらも、「タラに帰ろう。明日がある。明日に向かって生きよう」と言う。

スカーレットは名前の通り、情熱的な女の人です。美しく、頭がよく、誰もが自分に恋をすると思っています。

南北戦争の混乱期を生き抜き、商売で成功します。なのに、なにもかも手に入れたはずのスカーレットは、夫レット・バトラーの愛情を手に入れることができませんでした。

私が小説版を読んだのは中学生のとき、映画版を観たのは高校生のときですが、波瀾万丈のストーリーに、ページをめくる手が止まりませんでした。

『影武者』は、日本の戦国時代を舞台にした成功と破滅の物語

「影武者　【東宝DVD名作セレクション】」
好評発売中
発売・販売元：東宝

あらすじ

盗賊の男は、武田信玄の影武者に起用される（きっかけ）。

ある日信玄が死に、影武者が信玄になる。

ところが信玄としてふるまううち（行動）、盗賊でしかない自分の言葉に皆が感心し、尊敬の視線を集め

ることにうれしくなる（成功）。

影武者は次第に、信玄その人であるかのような錯覚に陥っていき、信玄にしか乗りこなせないという愛馬に乗ってしまう。振り落とされてしまい、信玄ではないことが発覚する。とうとう影武者は放逐された（破滅）。

長篠の戦いが起こる。武田騎馬軍は織田の鉄砲隊の前で無残に死んでいく。影武者の男は、槍を拾いあげると、ひとり鉄砲軍へと突進していく。


盗賊の男と武田信玄は、仲代達矢が一人二役で演じていました。一人二役なので顔はそっくりなのですが、人間は騙せても、馬には見抜かれていたのです。

さっきまで敬意を向けられていたのに、影武者だとばれたとたん、汚いもののように屋敷から追い出され、それでもなお槍を構えて鉄砲隊に突撃する彼は、滑稽で哀れで、それでいて高潔でした。

やるせないラストにショックが収まらず、映画を観たあとぼんやりしてしまいました。

なお、黒澤監督作品には『蜘蛛巣城』という映画もあります。『マクベス』を日本の戦国時代に置き換えただけだそうです。こちらは観ていません。

『夢を与える』は、芸能界を舞台にした少女の成功と破滅の物語

あらすじ

夕子は、ステージママの幹子に勧められ（きっかけ）、キッズモデルとして芸能活動をしていた（行動）。

ある日、夕子は、ふとしたきっかけからブレイクする（成功）。

ところが、あまりの多忙さに壊れそうになり、受験勉強を理由に芸能活動を休む。

休んでいるあいだに、ダンサーの青年と恋をし、その青年とベッドインしている動画を撮られてネットにアップされる。

とうとう夕子は、アイドルの座から転がり落ちる（破滅）。

『夢を与える』
綿矢りさ
河出文庫

綿矢りさは17歳で文藝賞、19歳で芥川賞を受賞した早熟の天才です。ですが、彼女は、芥川賞受賞後『夢を与える』を出版するまで、実に3年半もの時間がかかっています。書けない日々が3年以上も続いたのです。

若くして成功し、その地位から転がり落ちる。これは綿矢りさが自分自身の栄光と挫折を描いた私小説なのだと思いました。なお、綿矢りさはこの小説でスランプを脱し、現在も精力的に執筆しています。

「小説家になろう」の異世界転生ものは、破滅のない『マクベス』です

「小説家になろう」というサイトがあります。

自分の書いた小説を自由に投稿できるウェブサービスで、登録者数80万人以上、作品数40万以上の巨大サイトです。

読み専《せん》（読むだけ）の人も多く、アクセス数の多いものは書籍化されたりコミカライズされて漫画になったり、アニメ化されたりしています。

この「小説家になろう」で、異世界転生もの、というジャンルがあります。

異世界転生もののあらすじは次の通りです。

主人公はトラックに轢かれて異世界に転生する（きっかけ）。

ある日、異世界で困ってる人に出会い、主人公の持っている知識で機転を利かせて人助けをして（行動）賞賛される（成功）。


それ以降は行動と成功が繰り返されます。

神様が寿命を間違えて殺してしまったお詫びにスキルをプレゼントされたり、スマートフォンを持って異世界に行くことができたり、いくつかの派生はありますが、

きっかけ（異世界転生）↓行動（機転）↓成功（賞賛）

のパターンで書かれています。

異世界転生ものは、破滅のない『マクベス』なのです。

『マクベス』と同じストーリーであっても、それぞれまったく違う小説になっていますね。

同じストーリーであっても、書く人が自分というフィルターを通すことによって、違う小説になるところが、換骨奪胎のおもしろさなのです。

『マクベス』テンプレート

きっかけが起こる
（三人の魔女から王になるとそそのかされる、影武者として起用される、失恋であてつけ結婚）

主人公はどういう人？

名前

年齢

属性（学生か社会人か？　武士なら地位は？）

血液型（性格）

時代

場所

サブキャラA

（きっかけを作る三人の魔女）

サブキャラB

（主人公の身近な人、スカーレットにおける
親友のメラニー、マクベス夫人）

敵対者

主人公が行動を
起こす、その内容は？

（王を殺す、
女の身で
商売を興す、

影武者らしく
ふるまう）

成功する

（王になる、
さすが我が殿だ
と感心される、
商売で成功する）

破滅する

（殺して成り
代わった王の

息子に殺される、
全てを失う）

破滅したあと
どうなる？
（全てを失うが
明日に向かって
生きようと思う）

『マクベス』テンプレートの使い方

1　きっかけを考えよう（起承転結の起）

『マクベス』は、きっかけが起こり（起）、行動を起こして（承）、成功し（転）、破滅する（結）、という起承転結で書かれています。

まずきっかけについて考えましょう。

『マクベス』は、三人の魔女にそそのかされたのがきっかけです。

『風と共に去りぬ』は、スカーレット・オハラが、あてつけの結婚をすることがきっかけです。

『夢を与える』は、ステージママの母親に芸能活動を勧められたのがきっかけです。

物事が起こるきっかけについて、まず先に考えてください。

何でもかまいません。パッと思いついた文章を入れてください。

たとえば次のようなものが考えられます。

宝くじで3億円当たった。

街角の占い師に、ピンクのハンカチを持つといいことがありますよ、と言われた。

池の中から現れた女神に、あなたの落としたものは「金の斧ですか銀の斧ですか」と聞かれた。

リストラされた。

癌になった。

掃除夫として仕事をしていた青年が、突然の大抜擢でいきなり社長になった。

普通の青年なのに、誰も抜けなかった聖剣を引き抜いた。

王子様から突然プロポーズされた。

道ばたで突然アイドル歌手に抱きつかれた。

幼女に突然、お父さんだっこしてと言われた。

忍者の闇討ちに遭い、居合道で撃退した。

トラックに轢かれて死んでしまった。

出来心ですりをした。

小説教室では、年配の方は宝くじやリストラなど現実的なきっかけを書き、若い人ほど聖剣やトラックになります。

2　主人公の属性や性格、時代、場所を考えよう（起承転結の起）

きっかけを考えたあなたは、起承転結の起がほとんど完成しています。

適当に書いただけなのに、と思うかもしれませんが、**その文章がパッと浮かんだということは、あなたにはその小説を書くだけの引き出しがある**、ということなのです。

「忍者の闇討ちに遭い、居合道で撃退した」が思い浮かんだということは、あなたは時代小説が好きで、時代小説をよく読んでいらっしゃるのではありませんか？

「王子様から突然プロポーズされた」がパッと浮かんだということは、あなたはロマンス小説が好きなのではありませんか？

きっかけから逆算して、主人公の属性や性格、時代、場所を考えましょう。

聖剣を抜く話なら、ファンタジー、中世ヨーロッパ世界になります。主人公は普通の青年で異世界に転生しているのか、あるいはごく平凡だと思われているが、実は隠れた力を秘めた旅の剣士になりますね。

忍者の闇討ちなら、主人公は江戸時代の武士、若殿、あるいは姫剣士になります。

このとき、主人公の名前や血液型も書いておきましょう。

名前はキャラ立ての大事な要素です。時代劇のヒーローなら数馬や主水になるし、ファンタジーなら、リヒトやケインにするべきでしょう。

有人《あると》なら、音楽一家に生まれた絶対音感を持つ少年でしょうし、亜梨子《ありす》なら、夢見がちな小柄な少女でしょう。

名字が冷泉院だとか西園寺なら、お金持ちの家系でしょう。

これで起承転結の起が完成しました。

3　主人公が行動を起こす内容について考えましょう

次に、主人公に考えさせ、行動させましょう。

道ばたで突然アイドル歌手に抱きつかれたのなら、なぜアイドル歌手はそういう行動を取ったのか、主人公は疑問に思う（ためらう、困惑する、考える）はずです。

主人公にただ行動させるだけではなく、ためらう、困惑するなどのタメを作ることによって、主人公の行動に説得力が出てきます。

「生き別れの兄にそっくりだったから」なら、アイドル歌手と一緒に兄を探す旅に出るでしょうし、「ヘアヌード写真集を撮影することになったが、ほんとうは嫌で逃げてきたところ、たまたま目の前を歩いていた主人公に助けを求めた」のなら、事務所と対決する話になります。

王子様から突然プロポーズされたのなら、なぜ王子様はヒロインにプロポーズしたのか、理由を考えましょう。

王子様はいきなりプロポーズしません。必ず理由があります。

ヒロインが可愛くて一目惚れのあげくプロポーズしたのなら、王子様が「なんてかわいい令嬢だろう」と思うヒロインの行動があるはずです。

パーティの席上で、メイドがワインを零してドレスに赤いシミをつけてしまった。「あら、平気よ。気にしないで。薔薇の飾りができてドレスが華やかになったわ」と鷹揚に許す。でも、ヒロインは貧乏お嬢様で、なけなしのドレスを着てきたので、おつきの侍女に「お嬢様、こんなに大きなシミ、取れませんよ！　お母様の形見でいらっしゃいますのに‼　おてんばもほどほどになさいませ！」と怒られてしおたれている。

さらに、王子様の側にも理由があるのかもしれません。結婚しろと言われていて、偽装結婚できる相手を探していた。ヒロインが機転が利くところに、偽装結婚の相手にぴったりだと思った。ほんとうは一目惚れしていたのだが、王子様自身も気がついていない。

これで起承転結の承が書けました。

4　主人公を成功させましょう

主人公を成功させましょう。

主人公の**行動の延長線上**にある成功です。

『影武者』なら、盗賊の男が信玄のようにふるまい、皆を鼓舞し、皆が「さすが信玄様だ」と感心する。

『マクベス』なら国王暗殺の結果、自分自身が国王になります。

スカーレット・オハラは、愛するレット・バトラーも、ビジネスの成功も娘も、故郷タラの地も、全てを手に入れます。

起承転結の転になります。お話がもっとも盛り上がるところです。

5　主人公を破滅させましょう

悪いことをして成功したり、棚ぼたで実力以上の成功をしたお話は、破滅するまでがワンセットです。

読者は、主人公が破滅するところを見てスカッとします。主人公を悲壮に破滅させてください。

ですが、破滅のあとで、救いのあるエピローグを書くと余韻が残ります。

『風と共に去りぬ』では、夫と娘を失ったスカーレット・オハラが「私には何もない。何もかも失った」と泣いたあとで起き上がり、「タラに帰ろう。明日がある、明日に向かって生きよう」と独白するラストで終わります。

あのラストシーンが『風と共に去りぬ』を名作にさせているのだと思います。

例外は、主人公が棚ぼたで手に入れた地位であっても、努力をしてその地位にふさわしい存在になったときです。

その場合は、全てを失ってなお明日に向かって生きようと思うスカーレットのように、危機を乗り越えさせ、読者を興奮させてください。

6　脇役を固めましょう

起承転結ができたあとで、脇役を配置しましょう。起承転結が書けたあなたには、脇役を書くことはたやすいはずです。

脇役の一人目は、物語のキーとなる人、あるいはものです。きっかけを作った人、あるいはものはどんな存在ですか？　マクベスをけしかけた三人の魔女、あるいは3億円の宝くじかもしれません。

脇役の二人目として、主人公と仲の良い人を配置してください。スカーレットにおけるメラニー、『夢を与える』の夕子におけるダンサーの青年です。

これで『マクベス』テンプレートは完成です。

あなただけの『マクベス』換骨奪胎ストーリーが完成しました。

あとはあらすじに従って文章を書くだけで小説が完成します。

受講生が作った『マクベス』換骨奪胎ストーリーの例

きっかけが起こる

引っ越してきた北村楓（38）は、PTAにいやいや参加させられる。楓は校区の古くからある家の娘。PTAには古株の片品亮子（36）がいた。亮子は新興住宅地の住人。てきぱきと仕事をしている印象。楓は新参者であるから一歩引いていた。あるとき、困り顔の旧知の川田さつきから、亮子から仕事を押しつけられていると相談される。地元の小学校のPTAが新興住宅地の人らの意向で運営されているのを苦く思うようになっていた。離婚して戻って来ていたという内心の負い目と、最近入ったので、目立たないようにしていたが、旧家の出であることを一向に考慮しない亮子ら（彼女ら執行部は旧家も新興地も皆平等という強い思いがある）にもやもやしているところだった。

川田さつきは、亮子らがPTAを自分の思い通りに動かして、私たちの意見など聞きもしない、楓さん助けて、と懇願される。

主人公はどういう人？

名前	年齢	属性
北村《きたむら》　楓《かえで》	38歳　女	娘（12）、息子（10）。 地元の名家の娘。離婚して実家に子どもと戻る。 それをきっかけに親からPTAに参加を要請される。

血液型	時代	場所
O型	現代	大阪（関西）地元と住宅地が混じり合う、 都会でもない適度な田舎。

サブキャラA

川田さつき：33歳。小学校2年生の娘がいる。楓の旧知の人。婿養子をとっている。地元の一人娘。楓に権威奪還を頼み込む。自分がいい（楽な）位置にいたいため。

サブキャラB

北村重大：65歳。北村楓の父。自治会長。校区の自治連合会の会長。自治会の会長のほとんどは地元の人。新興住宅地からの自治会長は小数。新興住宅地やアパートの住人は自治会に参加したがらない。自治連合会の各会長から、PTAの現状について聞いており、権威を地元に戻したいために、楓（悟られないように）をPTAに参加させる。楓がPTA改革に乗り出す後押しをする。

敵対者

片品亮子：32歳。小学校6年生の息子がいる。息子が小学校に入ったときから、PTA活動に参加。PTAは新興住宅地のメンバー7割と地元の人3割の比率。新興住宅地のメンバーを中心に活動するが、地元の人も人数比で役員になっている。自治連合会とは逆。

主人公が行動を起こす、その内容は？

楓は、川田さつきから、亮子らの横暴を聞かせれるが、まだ信じられない。楓は、さつきの話を確かめるために、ＰＴＡのメンバーにそれとなく聞くが、口ごもる者もいるし否定する者もいて、確信が持てないでいる。そんな折り、副会長をしている多恵子は会の席上「会の和を乱すような水面下の動きはやめて、明朗に会で話し合いましょう」と言う。明らかに楓の行動を暗に非難していた。そこから楓に対する新興住宅地の人らの当たりが強くなってきたと、楓は感じていた。片品亮子は相変わらず楓には普通に接しているように思えるが、それすらもよそよそしさを取り繕うために思えていた。

楓が父親の重大に相談。重大は、ＰＴＡ改革を勧める。

楓は、川田さつきらに情報を集めるよう頼む。川田さつきらは、亮子らがＰＴＡを我が物にしているという複数の噂を楓に伝え、もっと風通しの良い会にして欲しいと頼む。

楓は、自分が動くことが正しいと信じ、亮子らと対立する。

成功する

楓は、開かれたＰＴＡ、民主的なＰＴＡを目指して、地元の人たちの後押しを得て、副会長に推薦される。

楓は、表面上は片品亮子と協力しながらＰＴＡの事業を進めていったが、夏祭りの出し物（模擬店やバザー）で対立する。

楓は、父・重大のもたらした情報を元に、亮子の取り巻きを崩していく。亮子の取り巻きの誰々の行動は、開かれたＰＴＡにとって好ましくない等等。楓はあくまでも正しい行動、正しく開かれたＰＴＡのためにやっているつもり。

楓の主張が通り、模擬店を出すことになる。

楓は、模擬店のために、するべき役割をさつきらに割り振る。さつきらも応えるふう。


ところが、さつきらは、仲間を集って、亮子らに相談を持ちかけていた。

模擬店を成功させたいのはわかるが、楓が、ワンマンすぎる。

昔から知っている者同士だから、助け合いたいのはやまやまだけど、あんなにワンマンだと困る。

確かに、楓は勢いづいていた。離婚して戻って来て、旧村のことで表に出ない噂の種になっているのは薄うす感じていた。それが初めて公の場で、一つの事業を中心になってやれるのだ。劣等感が払拭され、高揚感が支配していた。

てきぱきとした指示が、さつきらの反感を買いだしたのを気がついていなかった。

さつきらは、表だって、バリバリとＰＴＡをやりたくないのだった。亮子の頃は結構頑張る雰囲気だったが、それが嫌さに楓になきついた。楓になって、頑張りがいっそうになったので、今度は亮子にもう一度なびいたのだ。

模擬店の準備に消極的なさつきらに檄を飛ばす楓に、さつきらは反発して、準備を放棄した。

父親に相談しても、ＰＴＡのことだからと、自治会は口を出さないけど、夏祭りはしっかりやってもらわねばと、釘を刺す。

途方に暮れた楓は、亮子に協力を依頼する。亮子は引き受け、模擬店は成功する。

作者は祝井良毛《いわいらもう》さん（64歳）です。男性の方がＰＴＡものというのはおもしろいですね。『颪と共に去りぬ』とも、『夢を与える』とも全く違うストーリーになっていますね。みなさんも、ぜひトライしてくださいね。

レッスン番外編

映画の『スピード』を下敷きに、アクション小説を書こう

現存する全てのストーリーはシェイクスピアが書いた。今の創作物は、全てシェイクスピアのパクリである。という説があります。

シェイクスピアは、実話や神話を元に舞台劇の台本を書いていました。人種や時代を越えて受け継がれる王道ストーリーばかりなので、この説はかなり有力です。

では、新しいものは、この先現れないのでしょうか。

私は現れると思っています。

『スピード』は、シェイクスピアの時代にはありえないアクションストーリー

『スピード』という映画があります。

時速50マイル（80キロ）で起動し、50マイルよりスピードが遅くなると爆発するバスから、乗客を助けようと奮闘する警官の話です。

短髪のキアヌ・リーブスが、正義感あふれる若い警官を演じていて格好よかったです。

シェイクスピアの生きた時代、スピードメーターのついた乗り物は存在しませんでした。

この先も、時代の変化や新しいものの普及によって新しいストーリーが現れてくるのだろうと思います。あなたも新しいストーリーを作ってくださいね。

あらすじ

警察に電話がかかってくる。路線バスに爆弾を仕掛けた。時速50マイル（80キロ）で起動し、50マイルよりスピードが下回ると爆発する。乗客を助けたければ身代金を払え（きっかけ）。

ロサンゼルス警察の警察官ジャック（キアヌ・リーブス）は、50マイルで走るバスに飛び込むが、動揺した乗客が拳銃を撃ち、運転手がケガをしてしまう（危機1）。

乗客のアニーが運転を変わる。アニーは高い運転技術を持っているが、道路は工事途中で切れていた（危機2）。

アニーはアクセルを踏み込み、バスをジャンプさせて対岸の道路へと飛び移る。

ロサンゼルス警察は犯人を特定し、アパートに乗り込むが、それは罠でアパートごと爆破される（危機3）。

ジャックは、犯人がバスのモニターで車内を監視していることに気がつく。警察は偽物の画像を流し、同じスピードで併走するバスに板を渡し、乗客を乗り移らせる。
とうとう犯人は逮捕された（エピローグ）。

起　きっかけ
承　危機1
転　危機2
結　危機3
エピローグ

という起承転結＋エピローグで書かれています。

『スピード』には元ネタがあった！

『スピード』は、手に汗握るジェットコースタームービーで、とてもおもしろかったです。ところがこの映画、あとで知ったのですが、元ネタがあったのです。

日本映画の『新幹線大爆破』です。私は観ていません。高倉健演じる犯人が、新幹線に爆弾を仕掛けた。時速80キロで起動し、80キロより遅くなったら爆発する。乗客を助けてほしければ身代金を払え、と要求するお話です。

併走する新幹線に板を渡して乗客を助けるシーンも同じなのだそうです。

なお、『新幹線大爆破』は、興行的には成功しませんでしたが、『スピード』は大ヒットとなり、続編が作られました。

『スピード2』は観たはずなのですが印象が残っていません。覚えているのは、豪華客船が港にゆっくりと近づき、港に乗り上げてなお、建物をなぎ倒して地上を進むシーンだけです。

私は観た映画のあらすじは全部書いているはずなのですが、あらすじノートにも書いてありませんでした。どうも退屈な映画だったようです。

主役がキアヌ・リーブスから別の俳優さんに変わっているせいかな、と考えたのですが、豪華客船というのが失敗だったのかもしれません。

豪華客船はゆっくり進む乗り物です。バスと違って疾走感がないんです。スピードが出る小さい乗り物、小型の船舶、水上バスとか水上バイクとかのほうがよかったのではないかと思います。


『特捜戦隊デカレンジャー』の「サイクリングボム」は、『スピード』を元ネタにしたアクションもの

戦隊ものは、一話完結になっているので、お話作りの教材にぴったりです。一年間見続けると、50話のストーリーのパターンを覚えることができます。

戦隊もののシリーズの中で、伝説の神回と呼ばれるお話がいくつかあります。そのひとつが「サイクリングボム」です。

スピードが時速20キロでスイッチが入り、20キロより落ちると爆発してしまう自転車に乗ったデカレッドのお話です。

あらすじ

鍵開けの能力を持つ宇宙生物ヤーゴに保護を求められたデカレッドことバンは、自転車の前カゴにヤーゴを乗せて走るが、自転車には時速20キロを越えたときに起動し、20キロより遅くなったときに爆発する爆弾が仕掛けられていた。ヤーゴの保護者である怪人は、金庫の鍵を開ける方法を言えば、爆弾を止めてやると言う（きっかけ）。

宇宙警察は、バンの乗る自転車ごと吊り上げようとするが、タイヤが地面を離れた瞬間に爆発予告音声が流れる（危機1）。

バンは自転車の運転が苦しくなり、変身して走ろうとするが、変身すると体重が変わるために爆発予告音声が流れる（危機2）。

ヤーゴは、金庫の鍵を開ける方法を言うが、怪人は「オマエの両親を殺したのは私だ。オマエの鍵開けの能力が欲しかったからだが、オマエは裏切った。地獄までサイクリングするんだな」と言う。

信頼していた養父が両親を殺していたと知ったヤーゴは絶望し、「あたいなんて生きている価値もない。誰も信じられない。どうせオマエだって、自分だけ変身して助かるんだろう?」と言う。

デカレッドに変身すると、スーツが爆発から守ってくれる。

バンはデカレッドに変身するためのＳＰライセンスを「信頼のあかしとしてオマエに渡す」とヤーゴに預ける。

「俺の仲間が犯人を捕まえて爆弾を解除させる。それまではこの足が千切れようと、俺はペダルを踏み続ける！」

そこに敵兵が現れる。自転車に乗ったままで敵兵と戦うが、バンとヤーゴは自転車ごと崖下へと落下し、大爆発が起こる（危機３）。

爆発の中を、トンボの羽根を背中につけたヤーゴがバンを抱きかかえて飛んでいた。バンがヤーゴの心の鍵を開けたことで、幼体から成体へと脱皮したのだ。

犯人も仲間の活躍で捕まえることができた（エピローグ）。


ヤーゴはたぶんトンボの幼虫であるヤゴからの命名でしょうね。ヤーゴの声と、大人になったヤーゴはしょこたんこと中川翔子が演じていました。

自転車という体力のいる小さい乗り物を使うことで、スピード感が出て、おもしろくなったのではないかと思っています。

『スピード』テンプレート

誰が（犯人、爆弾魔）どういう理由で

何に爆弾を仕掛けましたか？

どうして主人公はその乗り物に乗らなくてはならなくなったのですか？

犯人の名前

年齢

歳

性格（血液型）

職業（所属）

外見

主人公の名前

年齢

歳

性格（血液型）

職業（所属）

外見

爆発の条件

脇役A（人質）

脇役B（主人公の仲間、乗り物に乗らず、遠隔操作している犯人を見つける役）

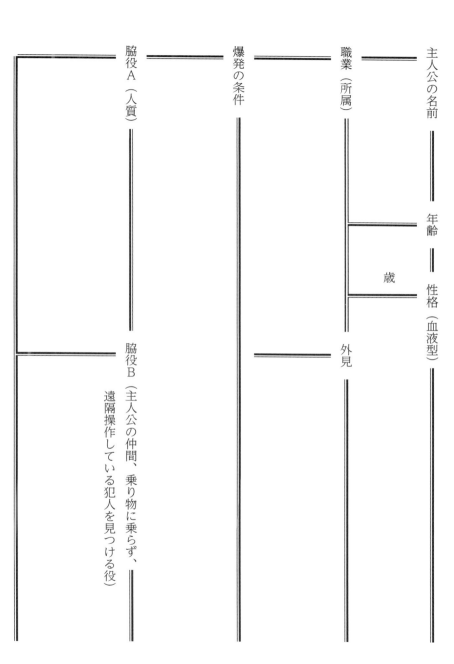

危機1

危機2

危機3

エピローグ

『スピード』テンプレートの使い方

1　きっかけを考える

誰がどういう理由で、何に爆弾を仕掛け、どうして主人公はその乗り物に乗らなくてはならなくなったのかを考えましょう。

誰がは犯人、爆弾魔です。

理由は、身代金目的かもしれないし、金庫の暗証番号を聞き出すためかもしれません。『スピード』の犯人は、爆弾処理の警察官でした。仕事中の事故で障害を負ったのに、警察は金時計をくれただけだと逆恨みをしています。「サイクリングボム」の犯人は、ヤーゴの養父でありヤーゴを指図して銀行破りをしていた犯罪者でした。

犯人の名前、年齢、性格（血液型）も書き加えましょう。

何に、は、スピードの出る小さいものがいいでしょう。自転車、パトカー、バイク、新幹線、電車、機関車、車、ヘリコプター、飛行機でもいいと思います。

飛行機など空を飛ぶものの場合は、高度が下がると爆発することにしてもいいかもしれませんね。

遊園地のアトラクションでもおもしろいと思います。ジェットコースターや観覧車で、止まったときは爆発する。遊園地の真ん中での爆発。ジェットコースターの乗客だけではなく、遊園地のお客さん全員が人質です。

主人公は警官でもいいし、たまたま居合わせた一般人でもいい、記者やライターでもいいですね。

主人公の名前、年齢、性格（血液型）も書き加えましょう。

脇役を配置しましょう。

人質側から。『スピード』におけるアニー、『サイクリングボム』におけるヤーゴの役割です。人質の得意なもの（特性）を書きましょう。

アニーは、スピード違反で免停になって、路線バスで通勤していたとき、事件に巻き込まれました。普通の女性ですが、車の運転が大好きです。

ヤーゴは、鍵開けの特技があります。金庫破りの手伝いをするのがいやで、デカレンジャーに保護を求めました。

また、主人公側の、警官仲間も配置しましょう。

2　危機1・2・3は、危険度が増すように配置しましょう

走り続けていれば爆発しないのですから、進行を防害する何かが必要です。運転手が死んでしまったとか、ガソリン切れ、体力が尽きた、敵の攻撃、目の前に障害物、道が無くなっているなどがいいと思います。

お話がクライマックスに近づくに従って、危機を軽度なものから、危険度が増すように配置しましょう。

3　エピローグ（その後どうなったか）を書きましょう

犯人はやはり捕まってほしいものです。

警官が捕まえたというのがこの手のお話の約束ですが、仲間割れで殺し合いをしたり、犯人が自殺したり、身代金を入れたカバンを落としてしまったりといった展開でもかまいません。読者が「ああ面白かった」と思える納得のラストを書いてください。

受講生が作った『スピード』換骨奪胎ストーリーの例

誰が。どういう理由で

世の中に退屈しきった犯人が、偏愛している女性マラソン選手の勝利と世界記録達成を祝うため。

何に爆弾を仕掛けましたか？

マラソンの中継車。

どうして主人公はその乗り物に乗らなくてはならなくなったのですか？

テレビクルーとしてその場に乗り合わせた。

犯人の名前

笹原《ささはら》　醜悟《しゅうご》

年齢

36歳

性格

B型。自己中心的で周囲の迷惑を考えないが、自分の存在を隠すことはうまい。

職業

一種の天才。機械と電子技術、コンピューターの卓越した知識を持つ。デイトレード、アフィリエイトや仮想通貨投資、ハッキングなどで巨万の富を築いた。ランナーである女性選手の小学生時代からの病的なファン。

外見

無精ひげに小太りの眼鏡姿。都内の数か所に偽名やペーパーカンパニーの名前で部屋を借りて拠点としている。

主人公の名前

金森《かなもり》　将喜《しょうき》

年齢

41歳

性格

B型。面白いと思ったことに突っ走る。陽気で精力的。

職業

テレビクルー、ディレクターとしてアナウンサーやカメラマンと共に中継車に乗りこむ。

外見

日焼けした精悍なスポーツマン。仕事にも精力的。マラソンが趣味で、頻繁に走っている。大学時代、マラソンランナーとして挫折を経験している。

爆発の条件

中継車のスピードが時速20キロ以下になること。走者の中継を止めること。つまりランナーはかなりのハイペースで走り続けなければならない。
(女子フルマラソンの世界記録が二時間十五分台。20キロで走りきると、世界記録をかなり縮められる)

脇役A（人質）

中継されるランナー。フルマラソンの女子選手。小学生のころから将来を嘱望され、世界記録と金メダルが期待される。参加したマラソンランナーたち。

脇役B

事件の捜査本部の刑事。笹原の正体を突き止め、逮捕するために四苦八苦する。

危機1

東京マラソンの女子の部スタート直後、先頭集団の中継車に乗るディレクターの金森の元に、見知らぬ男から電話がかかる。

出走した脇役Aの最高の勝利を見るために、中継車が20キロより遅くなると爆発する爆弾を仕掛けたという。

いたずらかと思ったが、沿道の一部で射撃音がして、人が倒れる。

光学迷彩ドローンによる射撃だ。

先頭集団は、序盤のけん制でペースを落としており、中継車も20キロより遅くなっていた。

犯人はこのままだと爆発するとけしかけ、座席の中の爆弾のタイマーも動き始める。

ペースを上げた脇役Aが抜け出して独走態勢となって一旦は落ち着く。

通報によって脇役Bを責任者とした刑事達が動き出す。

危機2

脇役Aは事態を知らされ、必死に走るが、中盤の山である心臓破りの坂が現れ、ペースが落ちる。

再び爆破の危機となるが、他の選手がペースを上げて結果的にカバーされる。

その後も、誰かが20キロを下回ると誰かが上げてカバーするという状況が続く。

犯人は癇癪を起こし、A以外の勝利は見たくないと言って、光学迷彩ドローンでA以外の選手を狙撃する。

選手たちにけが人と死者が出て走れなくなり、下がっていたAが、休まず走ることを余儀なくされる。

主人公は車から飛び降りると、Aに併走して走る。ペースランナーの役割をするためだ。犯人とイヤーマイクで話す。犯人は怒るが、「Aに世界記録を出させるためだ」と話す。行き詰まる会話劇が続く。

一方、警察はハッキングや爆弾の能力から、笹原を探り当て、アジトの一つを特定するが、仕掛けられていた爆弾により多数の被害が出る。

危機3

世界記録ペースで走り続けるA。懸命に励ます金森達だったが、ゴールには観衆が大量に訪れた競技場がある。

犯人は、競技場のスピーカーをジャックして音声を流し、Aが通るまで観衆が離れることを禁止しており、観客は逃げることができなかった。

実はアジトを爆破した犯人は、ゴールの観衆に中に紛れ込んでおり、Aの勝利を見届けた後、自爆して全てを終わらせることが目標だった。

他方、被害を出したB達は笹原の経歴やAに賭ける想いを調べ上げ、必ずAのゴールを自分で見に来ると確信。競技場へと向かう。

エピローグ

この世にはAの走り以外に見るべきものなどないし、Aの全盛期が世界記録で終われば、彼女は伝説になると言う犯人。

金森は、Aと併走して走りながら犯人と話しているとき、光学迷彩ドローンによる射撃は行われないことに気付く。

Aはスマホで、ドローンを操作しているのだ。

金森は言う。「俺はマラソンランナーだった。だが、俺は、Aのような天才ではなく挫折した。ランナー膝で走れなくなったんだ。Aは天才だ」

金森は共にAの走りを見てきた者として、その素晴らしさを認め、Aによって多くの命が救われればさらにいいと説得する。

だが犯人は自分以外にAを理解する者など居てはならないと怒る。

とうとうAと中継車もスタジアムに入る。車の入場は想定していなかったため、入り口はフェンスで塞がれていたが、なぎ倒して入る。

観客が歓声をあげている中で、犯人はAが世界記録を出したら狙撃はしないと言ったため、金森はスマホを手にしている男を見つける。

金森は、観客席に入り、犯人を押さえつけ、格闘のすえスマホを取り上げ、遅れてやってきた警察に犯人を引き渡す。

爆弾のスイッチが奪われ、呆然とする犯人は、世界記録でゴールして観衆の叫びに迎えられるAに満足そうに笑った。


作者は片岡純さん。34歳の男性の方です。

マラソンの中継車というのは思いつきませんでしたが、これもありですね。

みなさんも、みなさんの『スピード』を書いてくださいね。

応用編

テンプレートを作ろう

前章では、テンプレートに文字を入れていくことで、ストーリーを作る練習をしましたが、この章ではテンプレートそのものを作る練習をします。

起承転結を取り出す

全てのお話は、起承転結で成り立っています。
はじめにすることは、お話を起承転結に分解することです。
枝葉の部分ではなく、幹になる中心のお話だけを取り出してください。
『ロミオとジュリエット』なら、

起　パーティでの出会い
承　バルコニーでの逢瀬、恋愛感情の高まり
転　トラブルの発生
結　別れ、二人とも死んでしまう

だけを取り出します。

ロミオが遠くの街に行くことになったきっかけは、ジュリエットの従兄弟のティボルトが、いさかいのあげくロミオの友人を殺してしまったことでした。ロミオは怒りに我を忘れ、ティボルトを殺してしまいます。

映画は剣劇シーンに迫力がありました。ですが、こうした枝葉の部分は無視をして、あえてあらすじだけを取り出します。

箱書きで起承転結を書く

箱書きというのは、脚本（シナリオ）を書くとき、下書きとして用いるものです。

小説の書き方本で箱書きの説明が載っていることは少ないですが、シナリオ教室に通うと教えてもらえます。

一枚の紙に、４コマ漫画のような枠線を引き、４つの箱を作り、上から順に起承転結を書き入れていきます。

実はこの本で紹介しているテンプレートは、箱書きを応用したものです。

起承転結の横の（　）に、あなたが取り出した起承転結を書き入れてください。『ロミオとジュリエット』の換骨奪胎なら、起（出会い）、承（恋愛感情の高まり）、転（トラブルの発生）、結（別れ）になります。

これはあらすじだけのテンプレートで、まだ未完成です。キーポイントとキャラ立て、世界観を書く欄を作り、テンプレートを完成させましょう。

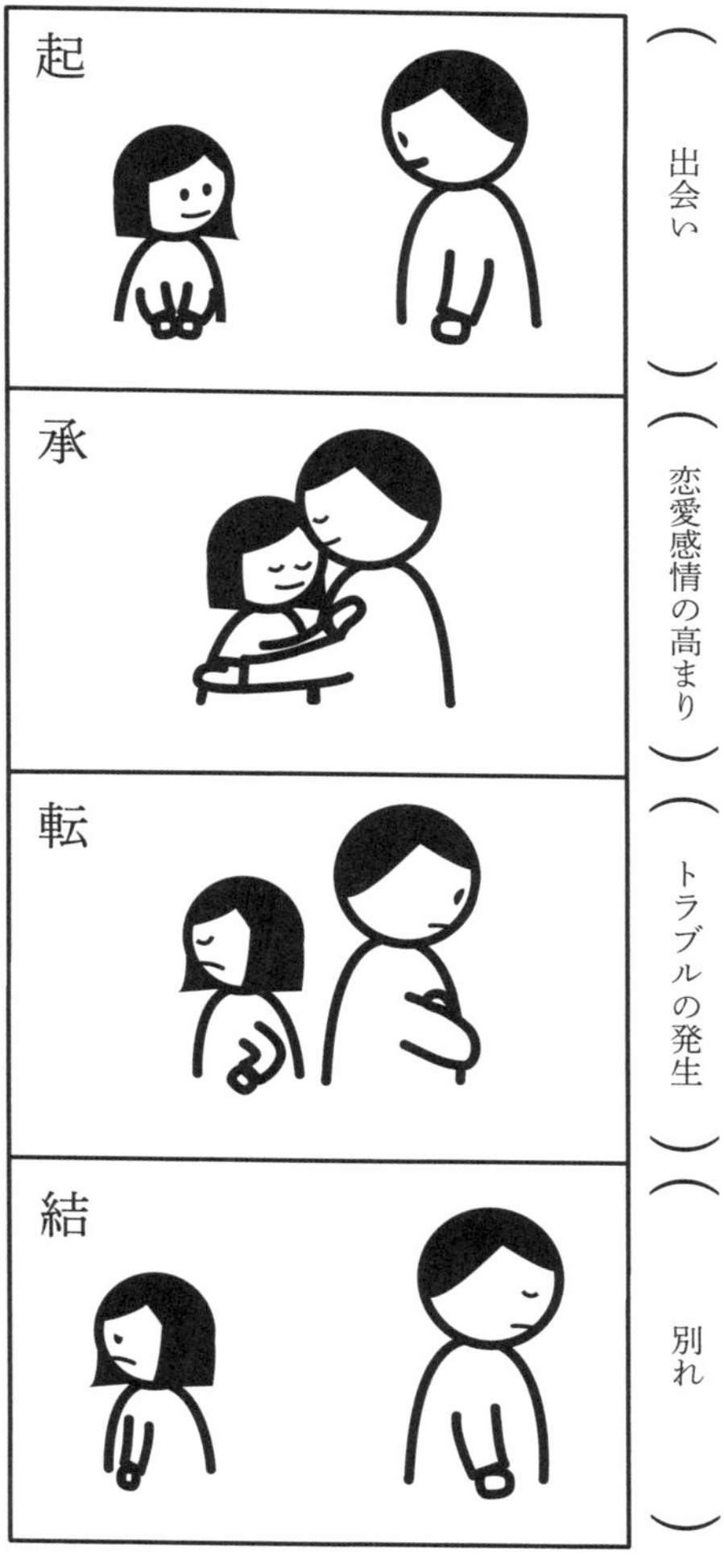
起
出会い
承
恋愛感情の高まり
転
トラブルの発生
結
別れ

お話のキーポイントを見つける

お話のキーポイントは、そのお話を面白くしている部分、読者が感動する部分、すなわち小説のキモです。

『ロミオとジュリエット』で若い二人の恋愛が、ここまでもつれた理由は、憎み合う家の娘と息子だったからです。恋愛物の場合、障害が大きければ大きいほどお話は盛り上がります。

『マクベス』のような悲劇の場合、成功と破滅の落差です。光輝く栄光と、泥にまみれる挫折。落差が大きければ大きいほど読者にカタルシスを与えます。

『勧進帳』のような「か弱い王子様（お姫様）を庶民が助けて安全なところに送り届ける話」は、障害につぐ障害、それを乗り越えてもまた障害という、アクシデントの連続がお話を盛り上げます。

『スピード』のようなアクション物の場合、危機また危機、それを乗り越えてもさらにまた危機がやってくる、たたみかけるような展開が、読者をドキドキハラハラさせます。

お話のキーポイントは、そのお話を面白くさせている大事な部分であり、変えてはいけないところです。

元ネタがないか検索する

あらすじ（起承転結）を書き出し、キーポイントを見つけたら、元ネタがないか検索しましょう。

「タイトル　元ネタ」で検索するとヒットします。

私は「スピード　元ネタ」で『新幹線大爆破』を見つけました。

できれば原典にあたりましょう。絶版になっていても、図書館や古本屋にはあります。

次に類似作を見つけて、あらすじと評判（口コミ、ユーザーレビュー）をチェックしましょう。

なぜ類似作を探すのかというと、類似作を探すことによって、キーポイントがくっきりするからです。

キーポイントは、そのお話の面白いところ、キモの部分です。

あなたがキーポイントだと思う部分と、読者（視聴者）が楽しんでいる部分が同じであることを確認してください。

あなたが『ロミオとジュリエット』の恋愛話は退屈だったけど、ロミオが剣で戦うシーンがおもしろいと思ったのなら、それはあなたが恋愛小説に向いてないということです。

あなたが書くべきは、剣豪小説であり、バトルものです。

あなたの面白いと読者の面白いが一致しているものだけ、換骨奪胎しましょう。

テンプレートを完成させましょう

あらすじとキーポイントだけではなく、登場人物の名前、血液型、外見、職業、性格、時代、場所を書く欄を作ってください。

登場人物の名前、血液型、外見、職業、性格はキャラ立てにかかわる部分で、時代、場所は世界観です。

ストーリーを換骨奪胎する場合、キャラ立てと世界観は、あなたのオリジナルにしましょう。

これでテンプレートができました。あとはテンプレートに文字を入れていくだけです。テンプレートは書きやすいようにアレンジしてくださいね。

キーポイント（小説の最も面白い部分、お話のテーマ）

登場人物（名前、年齢、血液型、外見、職業、性格）

主役

脇役A

脇役B

脇役C

世界観（時代・場所）

起

承

転

結

キャラ立てを換骨奪胎してみよう

漫画を読んでいて、このキャラかわいい。かっこいい。このキャラで小説を書きたい、そう思う人に向く方法です。

小説を書く人には2種類いて、ストーリーを考えてから書くほうが筆が乗るという人と、登場人物からお話を考えるほうが書きやすいという人がいます。

キャラからお話を作ることの好きな方は、ぜひこの方法を試してください。

二次創作を書いている方にも向きます。

『ハイキュー!!』の影山くんが好きで、影山くんみたいなオレ様キャラが活躍するお話を書きたい。そういう衝動がある人は、まずはじめに、影山くんの属性と特徴、印象に残ったセリフをありったけ書き出します。

属性：高校生、バレーボール部、セッター、長身。
特徴：努力家、孤高の天才、オレ様、吊り目、目つきが悪い、気が強い、コートの上の王様、正確無比、ストイック、誤解されやすい、判断力に優れている、成績が悪い、ぶっきらぼう、コミュニケーション能力に難あり。
セリフ：「俺がいればお前は最強だ！」「とべ、ボールは俺が持って行く」「トスを上げた先に誰も居ないっつうのは心底怖えよ」

影山くんはセッターという、トスを上げる役割です。セッターは、ひとりだけでは点は取れません。バレーボールは排球、すなわちボールを繋ぐスポーツです。

ところが影山くんはコミュ障で独善的な性格が災いし、中学のときチームメイトに無視されてしまいます。影山くんが上げたトスは、そのままコートに落ちてしまいました。影山くんはそれがトラウマになっています。

コートの上の王様というのは、王様のように高圧的だという意味で、褒め言葉ではありません。

ところがその影山くんのトスを、スパイクしてくれる存在が現れました。日向くんです。彼はジャンプ力と運動神経は優れていますが、技術面では発展途上です。

日向くんがジャンプしてスパイクする手の位置に合わせて、影山くんがボールをトスする方法で、速攻を決めていきます。

「俺がいればお前は最強だ」「とべ、ボールは俺が持って行く」は、そのときのセリフです。日向くんも影山くんを信じて、目をつぶったままでジャンプしスパイクします。

影山くんは、日向くんを輝かせる影の存在なのです。そして影山くんも、日向くんの存在によって自分の能力を生かすことができます。

「○○みたいなキャラ」を書くとき、まず、そのキャラの魅力を探し出します。

属性、特徴、セリフを書き出したあなたは、そのキャラの魅力が何かわかっているはずです。

影山くんの魅力：努力肌の天才、相手の能力を引き出してくれる、コミュニケーション能力が低く、誤解を招きやすい性格をしているが、主人公とだけはコミュニケーションが取れる、独善的なのに弱みがあり、トラウマを持っている。

注意してほしいのは、使うのはそのキャラの魅力だけ。

属性は変えてくださいね。

では、このオレ様キャラがイキイキと動く舞台と状況を考えましょう。

フィギュアスケートのペア。超絶技巧でオレ様な男子選手と、元アイドル歌手で華はあるけど技術がいまひとつの女子選手。「とべ、俺がオマエを抱き留めてやる」

塾講師のヒロインと、影山くんみたいな受験生。「がんばってもその先に成果が出ないというのは心底怖ぇよ」

生徒会の委員長と副委員長。生徒会の王様と呼ばれる独善的な委員長を、副委員長であるヒロインがフォローする。

デザイナーとパタンナー。デザイン画がヘタクソで、自分のイメージを伝えることが苦手な女性デザイナーを、影山くんみたいな気難しいパタンナーが形にする。

シャーロックホームズのような（影山くんのような）天才で変人の探偵と、唯一彼を理解できるワトソン君みたいな常識人のヒロイン。

テニス、卓球、バトミントン等の男女ペア。女性選手と、影山くんみたいなぶっきらぼうな選手。「オレが居たらオマエは最強だ！　オレを信じろ！」

社交ダンスのペア。

お嬢様と毒舌執事。

マッドサイエンティストな研究者と、大学生の研究助手。

影山くんみたいな天才漫画家と編集者。


いくらでもお話ができそうですね。

二次創作をされている方はぜひこの方法を試してくださいね。

ｉｆ（もしも）を考えよう

あらすじよりも、映画のあるエピソードだけが印象に残っている。このエピソードで小説を書きたい、もしくはここが不満だ、こうなればいいのに、私だったらこうするのに、そう考える人に向く方法です。

『キングダム』８巻の、「紫夏《しか》が、敵国で虐待されていた８歳の小さな王子様を母国に送り届ける話」は、『史記』の中のエピソード、奇貨居くべしを元にしたものでした。

もしも子楚の息子が敵国に置き去りされていたら？　というｉｆストーリーです。

有名小説や映画から設定やエピソード、エッセンス等を取り出してあなたの小説に生かすには、もしも～だったら、を考えましょう。

私はディズニーアニメの『アナと雪の女王』を観て、感動して大泣きしました。「アナ雪」は、凍らせる力を持った姉姫のエルサと、妹姫のアナの姉妹愛の物語です。

エルサは興奮すると凍らせる力を放ってしまうため、我慢して我慢して生きてきたのに、妹姫のアナは明るく育ち、姉姫の戴冠式のパーティで出会った王子様と結婚したい、なんて無邪気なことを言う。姉姫は、王族の結婚はそんなに簡単なものじゃないと苦言を呈す。

言い争いをしたことがきっかけで、エルサ女王陛下はついうっかり力を解放してしまう。

国民に白い目で見られたエルサは山に逃げ、氷のお城を作って閉じこもります。

エルサ女王陛下がかわいそうでした。妹のアナ王女はクリストフという誠実な男性と恋をしたけど、エルサ女王陛下は凍らせる力を無くしたわけではないから、一生恋人はできないんだ。

もしも、エルサ女王陛下に「君が氷の女王であっても好きだ」という男性がいたら、最高の恋愛小説ができるのに。

抱擁したとたん、恋人が凍ってしまっては困るから、氷の女王ではなく、プリンセスに触れるものみな破滅するという予言を受けた破滅姫にしよう。

破滅姫の予言は、姫を嫌った継母が継子を追い出すために、司祭につかせた嘘にしよう。

破滅姫だから、王都にはいられず、辺境の地方城で城主として暮らしていることにしよう。

相手の男性はどういう男性にしようか。不遇のプリンセスを助けることのできる男でないとだめだから、科挙のような難しい官吏登用試験に合格した青年にしよう。

国境を守る城だから、匈奴のような騎馬民族と戦っていることにして、青年は軍師としてやってくることにしよう。

こうして考えついたお話が、『破滅姫と淫呪の帝笏《レガリア》』です。

映画（小説、漫画）などから、こんなお話を書きたいと考える。

↓

エピソードを取り出す。

↓

もしも～だったらこうなる、私ならこうするのに、と考える。

これも換骨奪胎のひとつの方法です。

みなさんも、好きな映画を換骨奪胎して、あなただけの小説を作ってくださいね。

おわりに　小説を書くのに才能はいらない

これは日本でもっともわかりやすくて詳しい、換骨奪胎の本です。

どうして私が、換骨奪胎についてこんなに深く考えたかというと、ライトノベルの編集者から来る依頼の多くが、「××先生の○○が売れてる、○○を書いてください」だったからです。

○○は、そのとき売れてる小説や漫画、ゲームやアニメです。

私は文筆業をライターからスタートしたので、器用な印象があったのでしょうね。

私は「○○を書いてください」と言われるたび怒っていました。「××先生にご依頼されたらいかがですか？　私はわかつきひかるです。××先生ではありません」と断ったこともあります。

こういう無礼な依頼が来るのは、私が売れないからだ。売れたらそんなことは言われないだろうと思っていました。

ところが増刷（はじめに刷った冊数が売れ、刷り増しをすること）がかかっても、シリーズ累計30万冊越えのベストセラーを出しても、結果は同じでした。××先生がわかつき先生に変わっただけです。

それどころか売れたことで、私の悩みはもっとひどくなりました。他人の売れた小説の焼き直しならまだバリエショーンがありますが、自分の小説の焼き直しばかり作っていたら、読者さんに飽きられてしまう。

作家としての賞味期限を伸ばそうとして、なんとかして違うものを書こうとしても、企画が通らず、書かせてもらえません（作家は小説を好きに書いているわけではなく、まず企画書を書いて編集者に見せて、編集者がゴーを出してはじめて小説を書くことができます）。

これは怖かったです。目の前に大穴があることを知りながら、破滅に向かって進んでいる気分でした。

売れてるのに苦しいという、困った状況に陥りました。

ですが、仕事をするうち、同じものを欲しがる読者さんが多いことに気付いて、編集者の言うこともわかるなぁ、と思うようになってきました。

読者さんは、売れてる小説と同じ方向性のもの、売れてる小説と同じおもしろさを持つ小説を読みたがるのです。

商業作家として生き残るためには、私の書きたい小説ではなく、読者さんがお金を出して読みたいと思う小説を書かなくてはなりません。

二番煎じだろうが、十番煎じだろうが、柳の下の百匹目のドジョウだろうが、なんでも書いてやろうと思いました。

私は○○と方向性が同じで、私の小説を書く方法を探しました。○○に似ているけど○○よりもおもしろい小説を書くためにはどうしたらいいのか、必死に考えたのです。

そうして行き着いた方法が、換骨奪胎です。

この本で紹介した換骨奪胎のやり方は、私が作家として生き残るため、試行錯誤して身につけたものです。

生き残り戦術は功を奏して、文筆業者になってから23年目の今も、現役作家として仕事をしています。

小説教室でテンプレートを使った換骨奪胎の授業をすると、受講生のみなさんがびっくりします。

小説教室は他にも行ったけど、わかつき先生の授業は珍しい。こんな授業初めて受けたと驚かれます。

自分の頭の中からストーリーを引っ張り出すのは、脳味噌のトレーニングみたいだ。スポーツみたいで面白いと楽しんでくださいます。

小説を書くのに才能はいりません。

あなたの人生経験、あなたが今まで学んできたこと、あなたが仕事をしてきたこと、あなたが楽しんできた映画や小説や漫画やゲーム、笑ったこと、泣いたこと、部活の練習、旅行、受験、育児、趣味、ペットの世話……。

あなたの中にはすでに小説のかけらがいくつも存在しています。それを取り出して並べ直せば、小説ができあがります。

取り出して並べ直すのにはテクニックが必要なのですが、そのテクニックのひとつが換骨奪胎なのです。

あなたも、あなただけの物語を紡いでください。

この本が、あなたの執筆活動の助けになることを願ってやみません。

参考文献

『シェイクスピア百科図鑑　生涯と作品』A.D. カズンズ（著）荒木 正純・田口 孝夫（翻訳）悠書館

『地球の歩き方 aruco イタリア　旅好き女子のためのプチぼうけん応援ガイド』地球の歩き方編集室（著）、ダイヤモンド・ビック社

『ニセコイ』全 25 巻　古味直志（著）集英社

『キングダム』53 巻（連載中）原泰久（著）集英社

『とある飛空士への追憶』犬村小六（著）、小学館

『闘技場の戦姫』わかつきひかる（著）フランス書院

『風と共に去りぬ』マーガレット・ミッチェル（著）大久保康雄・竹内道之助（訳）新潮社

『夢を与える』綿矢りさ（著）河出書房新社

『ハイキュー !!』36 巻（連載中）古舘春一（著）集英社

『破滅姫と淫呪の帝笏』わかつきひかる（著）フランス書院

プロフィール

わかつき　ひかる

ライター＆小説家。奈良県在住。

2001年フランス書院ナポレオン大賞受賞。

2007年第6回幻冬舎アウトロー大賞特別賞受賞。

2011年宝島社日本官能文庫大賞・岩井志麻子賞受賞。

2014年「ニートな彼とキュートな彼女」が「世にも奇妙な物語 2014年 春の特別編」の原作に採用。

2016年奈良の地方文学賞「はくたくうどん小説コンテスト」審査員。

奈良文化会館で、月に一度小説教室を行っている。
小説家わかつきひかるのホームページ　http://wakatukihikaru.com/index.html
わかつきひかるの小説道場　https://www.youtube.com/channel/UCMPxcLSOjZnM9P5w7CYB7yQ
バンタンゲームアカデミー大阪校でライトノベルの講師をしている。

やっぱり王道がおもしろい カタを使った物語の生み出しカタ

2019年7月26日 初版第1刷発行
2022年5月14日 第2刷発行

著者　わかつきひかる

発行者　安在美佐緒
発行所　雷鳥社
〒167-0043 東京都杉並区上荻2-4-12
TEL 03-5303-9766
FAX 03-5303-9567
URL http://www.raichosha.co.jp/
E-MAIL info@raichosha.co.jp
郵便振替 00110-9-97086

イラスト　たなかゆうり

印刷・製本　シナノ印刷株式会社
カバーデザイン　平野さりあ
編集・本文デザイン　庄子快

ISBN 978-4-8441-3757-3 C0090